反派千金
職成
級兄控

Akuyaku Reijou,
omplex ni
e Shimasu.

浜千鳥
Chidori Hama

Kadokawa Fantastic Novels

彩頁、內文插畫／八美☆わん

第一章　啟程前夕
006
♦
第二章　旅途
096
♦
第三章　反派千金vs.反派千金
124
♦
第四章　慶宴
195
♦
葉卡堤琳娜的騎馬初體驗
286
♦
後記
298

contents

characters

葉卡堤琳娜・尤爾諾瓦

利奈轉生而成的少女戀愛遊戲
反派千金。
天敵是「過勞死」。

阿列克謝・尤爾諾瓦

尤爾諾瓦公爵家的年輕宗主。
葉卡堤琳娜的兄長。

米海爾・尤爾古蘭

少女戀愛遊戲的主要攻略對象。
皇國的皇位繼承人。

米娜・芙雷

葉卡堤琳娜的女僕。

反派千金轉職成超級兄控

Akuyaku Reijou, Brother Complex ni Job Change Shimasu.

芙蘿拉・契爾尼

少女戀愛遊戲的女主角。
平民出身的男爵千金。

伊凡・尼爾

阿列克謝的侍從兼護衛。

弗拉迪米爾・尤爾瑪格那

尤爾瑪格那家的嫡子。

第一章 啟程前夕

魔法學園課程結束的放學後，尤爾諾瓦公爵家的千金葉卡堤琳娜來到公爵——也就是兄長阿列克謝向學園借來作為辦公室的會議室。

今天是兄長的生日，趁著午休在這裡送出費心準備的禮物，也簡單地替他慶祝了一番。由於帶著上輩子的記憶轉生到這個世界，知道自己是少女戀愛遊戲中的反派千金葉卡堤琳娜，卻跟遊戲的女主角芙蘿拉要好到甚至足以稱為摯友，與身為主要攻略對象的皇子米海爾也相處融洽，看來應該是迴避遊戲中葉卡堤琳娜陷入的毀滅危機了。

相對地，本來只是活用上輩子的記憶替兄長準備禮物，不知為何卻演變成買下玻璃工坊並接手經營，感覺接下來有得忙了。

「大小姐，歡迎您來。」

尚不見阿列克謝的身影。親信諾華克等人起身恭迎葉卡堤琳娜。

「大小姐……儘管由我等來說這種話有些踰矩，但今天午休真是一段美好的時光。能像那樣溫暖地替閣下慶生，我等也覺得非常開心。」

「我一直很感謝諾華克卿及各位對兄長大人體貼入微。兄長大人是不是至今都不太喜歡慶祝生日呢？」

不只是兄長大人，就連大家也表現得跟平常沒什麼兩樣。該不會是因為兄長大人曾下過指示，要大家不必特別慶祝吧？

聽葉卡提琳娜這樣說，諾華克露出難以言喻的表情。

「前公爵……也就是您的父親大人很喜歡將歡慶之事辦得相當熱鬧。有時場面會喧鬧得太過頭，因此閣下在繼承公爵爵位後，便決定取消這類活動。雖然公爵宅邸也會收到各界送來各式各樣的祝賀品，但幾乎都是公事化地應對而已。」

……從他這番相當含蓄的委婉說法，以及老爸給人一種光源氏般花花公子的形象，我不禁在腦中勾勒出豪奢浮誇的派對，更懷疑起是不是發生過什麼不三不四的場面。兄長大人討厭的應該是這種事情吧。

想必是在祖父大人過世後，老爸才開始做出這種脫序行為吧。也就是在兄長大人十歲到十七歲這段時間……孩子明明正值多愁善感的年紀，真是個臭老爸。

這時，阿列克謝也來了。

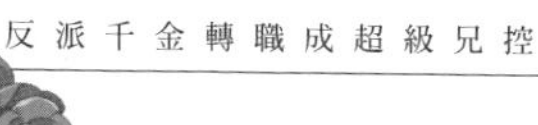

「葉卡堤琳娜，妳來了啊。」

「是的，兄長大人。」

「抱歉，讓妳特地跑這一趟。關於妳的玻璃筆，我有些事想找妳商量一下。」

這麼說著的阿列克謝，取出了藍色天鵝絨的盒子——葉卡堤琳娜送他的生日禮物。打開盒子後，裡頭放著三支美麗的玻璃筆。

那是有著上輩子身為日本奔三社畜記憶的葉卡堤琳娜，憑藉那段記憶請玻璃工坊製作的成品。對於說到書寫工具就只有羽毛筆而已的這個世界來說，是不曾存在的東西。

「哈利洛，你也一起過來。」

「是。」

商業流通長哈利洛・塔拉爾行了一禮，揚起一抹飽含期待，又燦爛得難以言喻的笑容。

「其實我也正想針對此事商量呢。我想要之前讓兄長大人買下的玻璃工坊——也就是穆拉諾工坊——能將這種玻璃筆作為商品推出市面，進而成長到得以獲利。我希望那間工坊不是尤爾諾瓦家的負擔，而是成為我等家族的事業之一振興起來。可以請你提供協助嗎？」

聽到葉卡堤琳娜這麼說，阿列克謝面露微笑。

「妳真厲害，這樣就好談了。我覺得它潛藏著很優異的可能性，既是劃時代的書寫工具，外觀又美麗……能做出這種程度的東西，卻首先拿來當作給家人的禮物，我看也只有妳會這麼做了。原本還很擔心妳太無欲無求，看樣子也是有著想將這件事作為一項事業發展的展望，我便安心了。妳果然是個聰明的孩子。」

不，真是不好意思，只是因為這並非我創造出來的東西，所以不可能對此產生欲求而已。上輩子明治時代發明出玻璃筆的風鈴師傅，真的非常抱歉。

啊！不知道那位風鈴師傅是否持有專利呢？不對，我記得專利的效期是二十年，因此早就超過期限了吧。況且尤爾古蘭皇國並沒有加入上輩子保護專利之類的國際條約，像是巴黎條約……呃，廢話，畢竟這是異世界，想這些根本無濟於事。

啊，不知道這邊的世界是不是也有類似專利的存在呢？

「大小姐，那個叫玻璃筆的東西，可以再讓我仔細看看嗎？」

「好的！哈利洛大人，請拿去看看。務必體驗一下試寫的手感。」

拉回思緒的葉卡堤琳娜連忙將放在制服口袋裡的木盒中，自己的那支玻璃筆拿出來並交到哈利洛手上。他沾了墨水，立刻開始書寫了起來。

一開始寫下的果然是他自己的名字呢——才這麼想，只見他似乎接連用好幾種語言寫下自己的名字。真不愧是繼承了在世界各國都設有據點的大商會宗主的血統，在這個時代

就已經這麼國際化了。

啊，還會從右邊寫到左邊喔！

才這麼想，他便寫起直書了！而且這該不會是形意符號吧？雖然跟上輩子的漢字不一樣，但從形狀看來，總覺得文字本身好像就帶有意義的樣子！

未曾察覺葉卡堤琳娜在心中昂揚的興奮之情，哈利洛停下手邊動作，沉吟道。

「……只是沾一次墨水，竟然就能寫出這麼多字。而且一如閣下所言，無論哪個角度都能寫得很滑順呢。畢竟是玻璃，當然不像羽毛筆的尖端會鈍掉，也不必重新削筆，可以用很久。一旦習慣了較粗的筆身，也會覺得很好拿吧。在諸神山峰的另一側，位處比起我的祖國更遙遠之地的那些東方國家，會使用以動物皮毛製成的柔軟筆尖。這個筆尖的形狀也讓我聯想到那些東方國家的書寫工具。」

哦……哈利洛先生真是學識廣博。這個世界真的跟上輩子很相似呢。

玻璃筆的筆尖形狀確實跟毛筆很像。上輩子發明玻璃筆的明治時代風鈴師傅，說不定正因為是理所當然地使用毛筆而非羽毛筆書寫的日本人，才會創造出玻璃筆。

……呃，如此一來，在這個皇國出現玻璃筆該不會是件不合乎邏輯的事情……？

不，我才不管這種事，還是別想了！事到如今才想這些也沒意義嘛！

阿列克謝也打開放著葉卡堤琳娜送他的玻璃筆的天鵝絨盒子，並交給哈利洛。他仔細端詳起凝聚了被稱作皇國第一的玻璃工坊——穆拉諾工坊的技術結晶，所打造出極其美麗的色彩及設計的成品。

「贈送給閣下的玻璃筆，是件既具實用性又堪稱藝術品的逸品，正適合尤爾諾瓦公爵使用。看來大小姐聘用的師傅有著高超的手腕呢。」

「哎呀，哈利洛大人真的很懂呢。那位師傅才二十二歲而已。可以期待他未來能做出更多精美的作品喔。」

「哦……」

阿列克謝向沉吟了一聲的哈利洛問道：

「哈利洛，你覺得這樣的商品如何？」

「會賣。」

哈利洛果斷地給出回答。

「倘若這個還賣不出去，想必是販賣的商人太愚蠢了吧。請務必讓我賣賣看。」

……哈利洛先生「呵呵呵呵」地笑著，眼睛都亮了起來。而且不只是閃亮亮，更可以用光輝四射來形容。

那便是商人的本能嗎？太強了。

而且竟然在兄長大人面前說什麼愚蠢，真的沒問題嗎？

「我反而擔心供給追不上需求。只有一位師傅能做出這個對吧？」

啊，真不愧是哈利洛先生。

「的確，正是如此。所以我已經請那位師傅問問以前在穆拉諾工坊工作的師傅們的意願。但還不確定他們願不願意回來。」

「您已經採取行動了啊。」

哈利洛露出微笑。

「畢竟哈利洛大人斷言玻璃筆會賣，我們這裡保證也能提供師傅們比他們現在工作的工坊更好的待遇。然而即使師傅們回來了，也不確定他們在玻璃筆這項商品上，能否做到跟現在這位師傅一樣的水準。」

再怎麼說，這都是不熟悉的製品，何況還是針對富豪人家的奢華文具，必須做出高品質的成品才行。

「屆時只要讓其他師傅負責製作玻璃杯等符合穆拉諾工坊風格的作品，應該便能確保收入利潤。玻璃筆追求的是稀有價值，初期只先賣給一小部分的客人試試看便行了。趁著這段期間，也能將這項技術傳授給其他師傅。等到供給制度完善後，再增加販售數量。如果到時候玻璃筆已經給人留下『上級貴族使用』的印象，即使提高利潤應該也能賣得很好。」

「……」

短暫的沉默後，哈利洛感慨萬千地嘆了口氣。

「我自認已經充分了解大小姐是位多麼令人驚豔的人。但能設想得如此周全的千金小姐，大概不會有第二位了。」

「不！這只是我這個外行人的想法罷了，也無法斷言是否真的能像這樣發展。」

不好意思，我只不過是上輩子並非千金小姐罷了。不好意思。

這些都是根據以前看過什麼的黎明之類的經濟節目所得到的知識而想出來的，完全是紙上談兵。至於事情究竟能否照著這樣發展，我實在一點自信也沒有。

「一個外行人能想到這麼多層面才叫非凡啊，賢者葉卡提琳娜。」

阿列克謝笑著說。

「我本來想將玻璃筆的事業交給哈利洛的部下繼續執行……但既然妳都已經構思到這個地步，不如讓妳領導這項事業比較好？」

「說領導我實在擔當不起。但這畢竟是基於我的請託買下的工坊，責任應該落在我身上。」

「妳就是這樣，是個責任感很強的孩子。」

阿列克謝嘆了口氣。

「我會安排足以交辦實務的人員給妳。但妳要注意別被這件事占去太多時間，搞壞自己的身體。唯有這點要多加留心。」

「謝謝兄長大人，我一定會多加注意的。什麼也不懂的我要是遇到問題，還請兄長大人與哈利洛大人陪我商量了。」

「嗯，妳儘管來問吧。」

「在下隨時都能陪您商量。不過大小姐，您方才提及的方針相當合情合理。請別擔心，照著您的想法進行是沒問題的。」

「聽你們這麼說真令人開心。但我不知道該如何具體地將玻璃筆是上級貴族使用的形象深植人心，只是嘴上說得好像很懂一樣，真感到羞愧。」

我曾想過請兄長大人擔任活廣告。但兄長大人畢竟還是學生，況且以個性來說，他感覺好像也不太喜歡做這種事。我不想讓兄長大人覺得不開心，因此沒有提出這個方式。只是如此一來，又該怎麼做才好呢？

這時，阿列克謝跟哈利洛彼此交換了一個視線，並輕聲笑了出來。

「葉卡堤琳娜，妳能讓師傅做出跟送給我同等，或是更加豪華的玻璃筆嗎？」

聽阿列克謝這麼說，葉卡堤琳娜感到相當疑惑。

「做得更加豪華嗎？師傅竭盡技術地做出了符合身為公爵的兄長大人使用的精美成

品……同等的話應該有辦法做到。但這是要做什麼用呢？」

阿列克謝毫不遲疑地說：

「要獻給皇帝陛下的啊。陛下想必會很喜歡吧。」

原來如此，這樣啊～如此一來，立刻就能樹立高貴者使用的形象了呢！

況且兄長大人也可以在晉見時親手送給陛下嘛！

……是說，想找頂級銷售員也該有個限度吧……

至於我剛才想到的專利問題，一問之下得知皇國也有將發明獨占使用一段期間的制度。

有效期限是十年。起初是訂定三年，後來期間便越拉越長了。

而且這竟然是尤爾諾瓦公爵家第五代宗主——瓦希里向當時的皇帝諫言的結果。

當時從國外招攬了著名的發明家來到尤爾諾瓦領地，請對方開發有助於改善礦山採掘以及製鐵方式的發明後，帶來很大的效益。當下希望發明家能留下來而提出各式各樣的禮遇之一，就是制定能保護他權利的制度。

包含發明家的出身國在內，當時其他國家似乎都沒有專利制度。既然待在皇國得以保護權利，發明家便會想要一直待在皇國吧。是個很聰明的做法。

雖然也讓人覺得有夠拚命就是了。

「但登記這個制度並不代表絕對有利，因為登記時必須一起提出製作方法及原理，也就是得攤開全部的手牌。只要期限一到，應該便會一口氣被爭相模仿吧。」

哦，這點也跟上輩子的專利一樣。因為工作緣故，在人家簡單教我關於智慧財產權的事情時，我記得曾學過專利的用途是為了保護發明者的權利並獎勵發明，以及公開發明的內容謀求擴大利用之類的。

「十年的獨占權究竟有沒有這份價值，妳就去找師傅與丹尼爾仔細商量看看吧。」

丹尼爾指的是尤爾諾瓦公爵家的法律顧問——丹尼爾．利嘉。雖然很常聽見他的名字，葉卡堤琳娜卻尚未見過他。

「好的，謝謝兄長大人。耳聞丹尼爾先生是位優秀人士，我會找他商量各種事情的。」

「妳還有其他想了解的事嗎？」

「為了效法先祖瓦希里公聚集一批優秀的師傅，我想訂定一些工坊的規則。不只是工作的人必須遵守，僱用他們的我也該按照規定行事。在工作時間及薪資方面……就該規定像是不能強迫他們長時間工作、保證支付一定金額的薪資、當工坊獲利提升時，要將部分利潤作為獎勵額外支付給他們等。我希望能將這些事情清楚記載在契約書上，因此想跟丹尼爾先生討論這些規則會不會牴觸皇國法律。」

提到第五代宗主的事情也成了契機。畢竟原本是社畜的我既然要成為雇主，便想好好訂定出就業規則或是聘雇契約等。

上輩子好像聽人討論過「公司是屬於誰的」這個議題。有身為投資人的股東、實際工作者的員工，以及顧客。公司究竟是屬於這三方的何者呢？

從上輩子的實際情況看來，我覺得這個議題有得出一個答案——公司是屬於股東的。金錢便是力量，有錢人才是最強。雖然在歐美比較明顯，這樣的想法卻漸漸化為主流趨勢，甚至社會結構也慢慢朝著對有錢人有利的方向改變。

但是啊，當我上輩子聽見「公司是屬於誰的」這件事時，覺得這答案不用想也知道，哪有必要議論呢？當然是屬於這三方的啊。無論股東、員工還是顧客，都有著各自的權利，也有著各自的義務。不正是在權利及義務之間取得良好平衡，公司才有辦法立足嗎？

不過，儘管腦子裡有著這樣的想法，終究還是個被用完即丟，最後過勞死的員工罷了。正因如此，我想以在此建立起一個可以取得這種三方平衡的組織為目標。在江戶受過的屈辱就在長崎討回來！雖然距離更遠就是了！

這個世界比上輩子更有利於雇主。而即使是上輩子的世界，也歷時良久才確立起勞工權利。

話雖如此，員工倒也並非沒有任何權利保障。我在辦公室幫忙時，偶爾也會聽見法律及慣例似乎仍有著一定程度的保護力。關於這方面的事情，我想仔細詢問專家意見。

「就照妳想的去做吧。想必連瓦希里公也會對妳讚賞有加。而且我也很想知道妳這番嘗試會得出什麼成果，妳的主意真的很優秀。」

阿列克謝莞爾道。

不好意思，這並非我的主意，只是上輩子大家曾議論過這件事情罷了，真是不好意思。

「……妳涉世不過四個月左右，不只對我，對公爵家來說同樣是無可取代的一員。不但在工作方面有所貢獻，妳的愛及體貼的心意不曉得帶給我多麼大的喜悅，無論我怎麼傾訴感謝都遠遠不及。」

「……」

啊，不妙。

這番話來得有點突然，害我感動到顫抖了起來……啊啊啊好高興！

「兄長大人……你這番話才最讓我開心呢。」

「聽妳這樣說，我也很高興。」

說著，阿列克謝斂起表情。

「——我繼任公爵之位還不滿一年。雖然有許多該做的事情，但有一件是我想在一切都穩定下來後著手進行的事。以前祖父大人就想開始做了，但他在事態成形前便早一步離世。這可說是祖父大人的遺產，我想繼承下來。那是項未來可能會漸漸成為需要動員到整個尤爾諾瓦的大型事業……妳願不願意也助我一臂之力呢？」

「當然！能參與兄長大人想做的事情，讓我感到非常開心，何況還繼承了祖父大人的遺志。無論任何事情，我都會盡一己之力。」

既然是兄長大人想做的事情，我當然無條件支持啊。況且還是堪稱祖父大人遺產的大型事業……這也讓我產生了什麼計畫之類的浪漫預感。我最喜歡這種東西了。

「艾倫。」

阿列克謝一喚道，礦山長艾倫．卡爾立刻起身。跟哈利洛交替位置站到前方來的他，手上拿著一大本皮革製的資料夾。

「大小姐，請您先過目這份資料。這是您的叔公大人艾札克博士所寫的論文。」

他遞上前來的動作極為恭敬。外表看起來也像個學者的艾倫先生是個礦物狂熱者，似乎也很崇拜身為礦物學者的艾札克叔公大人，因此叔公大人的論文對他來說或許是一部經典吧。

不過，雖然說是「先過目」，但這份論文可是一部巨作喔……

啊，內容也很生硬，是用了很多專業術語的那種。

但我會努力的。總之想辦法挑看得懂的地方讀吧。

首先，論文標題是《持續啟動魔法～虹石含有魔力暨魔法陣的活用～》。

之前曾跟我提過，虹石有個說法是魔力凝聚而成的礦物對吧。

還有魔法陣！以上輩子的感受來說的確滿懷夢想，但就這個世界而言嘛……一再被拿來研究得透徹，在魔法操縱的書上也記載著。然而，以結論來說不但準備相當費時，魔力增幅的效果也沒什麼大不了的，現在幾乎沒人在使用了。

但是，這份論文提到的並非利用人類魔力，而是活用虹石的魔力？透過魔法陣嗎？能辦到這種事？又是怎麼辦到的？

啊，這麼說來尤爾諾瓦公爵家的那把傳家寶刀——謝爾蓋一世的愛劍——便是鑲了虹石，唯有具備魔力的人拿起來才會啟動輕量化。也就是說，大約在四百年前，利用虹石的技術就已經萌芽了。

但以那把寶刀而言，啟動條件是人類的魔力，況且只有在拿著的期間才能作用。所以說，利用魔法陣跟虹石便能將那啟動的魔法持續下去嗎？如此一來豈不是太厲害了嗎？

第一章是虹石魔力的利用實例。

以謝爾蓋一世的愛劍為首，上頭記載了許多留存於皇國各地，利用虹石魔力的例子。好厲害啊，竟然能舉出這麼多例子。叔公大人簡直是田野調查之鬼吧。

第二章，魔法陣的效果。

唔……這對我來說太艱深了，看不懂。但總之我知道結論是以魔力增幅為主要目的而研究至今的魔法陣，一旦能持續提供魔力，便具備得以持續發動已經啟動的魔法這項機能。

第三章，虹石魔力及魔法陣的連結。

看來這裡是重點呢。如果是人類的魔力，只要人類持續注入到魔法陣裡，便能在自己的魔力當中加上魔法陣的效果。但虹石的魔力要如何連結到魔法陣呢？

……我才這麼想著，就看到是要將虹石編入魔法陣之中。論文中表示，即使將人類的魔力注入魔法陣，其實也有個注入的定點……一旦將虹石設置在那個定點上，似乎便能提供魔力給魔法陣了。

第四章，虹石魔法陣的實踐。

實際上要啟動的條件是吧——天啊，超耗費工夫耶！竟然需要這麼多虹石喔！品質也是，希望運用的是凝聚了同種的魔力。竟然得蒐集這麼多凝聚高純度同種魔力的虹石……

魔法陣的規模也超大。這些全都必須分毫不差地畫出來啊……誰要來做這件事啊……

但我也漸漸搞懂了——

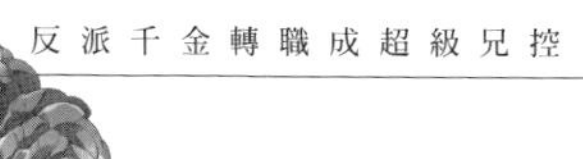

從礦物中汲取魔力，讓魔法持續下去所帶來的意義。

這個……相當於這個的東西，在上輩子改變了世界。

啊，我的手在發抖。我的天啊。

這肯定會改變這個世界。

葉卡提琳娜拿著皮革資料夾的雙手緩緩放到桌上。因為手的抖動，讓資料夾也跟著顫顫地敲打著桌面。

這是——工業革命。

取代上輩子的蒸汽機，這可以說是魔力機吧。

那樣的東西……我這雙手上拿著的，是未來將會演變成那種東西的幼苗。

「葉卡提琳娜！妳怎麼了？臉色很糟喔。覺得身體不舒服嗎？」

「不是！不是的，只是……這……這是個不得了……很不得了的研究。足以改變世界……」

葉卡提琳娜對著替她感到擔心的阿列克謝這麼回答後，艾倫不禁倒抽了一口氣。

「大小姐，您能明白這內容嗎？學術院的學者們都無法理解這份論文的價值，您一看就知道了嗎？」

「不，那個……我並非理解所有內容。然而一旦有虹石，就能持續發動魔法嘛。如此一來，便能在沒有水的地方產生一處不斷出水的湧泉；能在需要風的特定地點颳風，盡情讓風車轉動；即使不用到森林採伐柴薪，也能讓火焰持續燃燒下去；還能用土的魔力耕地。要是可以做到這種事情……人們的生活不知道會產生多麼巨大的改變。」

雖然眼下運用的是非常耗費工夫的虹石魔法陣，但肯定很快就會改良成小型化，並變得更多樣化吧。

而且最一開始的魔法啟動可能也會進化成人工設備。一定會變成那樣。

無意間，我回想起跟兄長大人一起參觀皇都的那天，從神殿的鐘樓眺望整個皇都時，讓我回憶起上輩子的東京，不禁覺得這裡是多麼遼闊，卻又是多麼缺乏色彩。

說不定這篇論文，會成為讓這個皇都朝向那個東京改變的道路。

「艾札克叔公大人真是位如假包換的天才呢……是位能名留青史，令人驚豔的天才。」

「是的，正是如此。這篇論文證明了艾札克．尤爾諾瓦博士是皇國史上最厲害的天才。不過大小姐實在相當聰慧，光是讀過一遍論文，竟然便有辦法理解到這種程度……哪像學術院只會說『這稱不上礦物學論文』，抱著輕視的態度。比起大小姐，那些陳腐的學者們簡直是望塵莫及。」

不，艾倫先生，你之所以這樣貶低學術院的學者們並把我捧得這麼高，是因為你太熱

愛艾札克叔公大人了吧。

「艾倫說得沒錯。我是在祖父大人仍在世時得知這份論文的。某次叔公大人前來拜訪祖父大人，說著『我寫了這樣的東西喔』並給他過目。然而當時的我完全無法理解這究竟蘊藏著什麼樣的可能性。」

既然當時祖父大人仍在世，便代表兄長大人還不到十歲吧！當然無法理解啊！

「祖父大人馬上就理解了。他為此感到相當歡喜，不斷說著『太棒了，艾札克果然是天才』……妳果然跟祖父大人很像。能實踐虹石魔法陣的想必只有尤爾諾瓦而已，因為必須準備非常大量的虹石，也需要耗費一筆龐大的費用。然而只要能實用化，就會帶來極大效果。妳說的沒錯，這或許足以改變世界，所以請妳務必助我一臂之力。」

葉卡堤琳娜直直盯著神情認真地這麼說的阿列克謝。

說真的，何止教人畏縮而已，這已經遠遠超越什麼計畫的範疇了，根本是足以推動當代歷史的程度。況且不只是一國的歷史，而是會推動世界史，甚至人類史的事情。

然而，兄長大人都說了，希望我能助他一臂之力。

我是誰？

我是兄控！（握拳）

這樣逃避現實有點蠢就是了。好，做足覺悟吧。

總之，關於上輩子令人頭痛的溫室氣體，以及全球暖化之類的議題，這個辦法用的並非化石燃料，應該不會產生同樣的問題才對。

正因為有著上輩子的知識，我知道問題不只這些，也知道並非只有優點而已。但確實有著很多好處。

而且最重要的，兄長大人是如此期盼。

那就來改變世界吧！

「要是虹石魔法陣成功實用化，尤爾諾瓦之名便會超越皇國，刻印在人類的歷史上吧。這是一家的榮譽。更重要的是，這既是祖父大人的遺志，也是兄長大人的期盼，那我什麼都願意做。」

「謝謝妳。有個與我同心的家人，真是令人欣慰。」

阿列克謝微微一笑。

「但有一點妳要特別注意。這件事目前不可以向他人透露。」

「是擔心被其他家族搶先嗎？」

「不。因為一部分的……不，恐怕是大部分的貴族，都會因為無法獨占魔力而做出反抗。」

葉卡堤琳娜驚呼一聲，倒抽了一口氣

對了，目前魔力是貴族的象徵，具備魔力這件事是貴族的一大自尊。

然而虹石魔法陣儘管在啟動時需要具備魔力的人類，但後有虹石接續下去就行了。一旦有虹石的魔力，便能讓不具備魔力的人也享受到這份恩惠。

這或許會造成個人魔力的價值一落千丈。不，是一定會。

接著就是……平民意識的抬頭？……邁向民主化的皇國將推動整個世界……？

「在那當中也會有人採取過度激進的行動吧──唯有這點我向妳發誓，我不會讓任何危險逼近妳身邊。萬一真的有人懷抱著惡意與妳相對，我會讓那個人受到千倍的報應。我說到做到。」

……兄長大人那雙螢光藍的眼睛散發出光輝，讓我不禁想起「優雅的冷酷」這句話。雖然這是上輩子讀過的書的（部分）書名啦。

這樣的兄長大人也好帥氣，真是太棒了。

「如果我發生了什麼萬一，妳便是尤爾諾瓦的女公爵。依據現今皇國的法律規定，要是沒有男子繼承爵位時，得由女子繼承一家之主。屆時就由妳接手去做這件事，並希望妳可以達成這項夙願。」

如果兄長大人發生了什麼萬一……

由我繼承爵位……也就是說──兄長大人他……

呃，咦？

等等啊，喂喂喂，我冷靜點啊。

「葉卡堤琳娜！」

阿列克謝大喊了一聲，並牽起妹妹的手。

「妳怎麼了？拜託妳別哭了。是不想成為公爵嗎？」

「不是……不是的，但是……一想到兄長大人要是發生了什麼萬一……」

葉卡堤琳娜的淚水接連掉個不停。

嗚哇～～眼淚停不下來啦～～

我要振作點！奔三女別哭啊，這會讓兄長大人很傷腦筋吧。

然而哭的不是奔三女的我啊～～是年僅十五歲，心中某個部分比年紀更加幼小，害怕母親大人身亡後的整個世界而躲起來，只能依賴兄長大人的千金葉卡堤琳娜的我。

甚至連奔三女的我也是，萬一兄長大人跟祖父大人一樣過世的話——不行，光是這樣想就快哭了。呃，我已經在哭就是了。

上輩子在智慧型手機螢幕上看到便對他一見鍾情，也是我當時直線步向過勞死的生活中唯一的療癒。轉生成為妹妹後，他總是帶給我絕對的愛，是個工作能幹的男人，卻也是兒時擁有苦澀回憶的堅強孩子。我越來越篤定自己只要是為了兄長大人，什麼事都辦得到！

但是，如果兄長大人不在了？不，與其說是不在，或者該說是……

光是想像就好痛苦啊～～！我覺得自己真的會喪失所有生存的力氣，一定會。我敢斷定。

嗚哇～～！

我有多麼能夠想像以虹石魔法陣為契機給社會帶來的巨大變革，要是兄長大人事有萬一這句話便有多麼可怕！

「抱歉……是我不好，竟然對纖細的妳說了這麼不經大腦的話。請妳忘了吧。」

阿列克謝來到葉卡堤琳娜身邊，緊緊抱住妹妹。

「一看到妳哭，我的心就像要被撕裂一般難受。拜託妳別哭了——即使是神，一旦讓妳感到悲傷，我便無法原諒。如果妳會感到悲傷，我就絕不會死。即使要渡過忘川河，我也不會忘了妳。我絕對會回到妳身邊。所以拜託妳，別哭了，別哭了……」

兄……兄長大人的美聲在耳邊低語，甚至有些顫抖。

上輩子的世界各地都有著陽世和陰世之間會流經一條忘川河的神話及傳說，這個世界也是從亞斯特拉帝國時代開始便有相同的流傳——仔細想想，回憶起上輩子記憶的我，還真的是即使渡過忘川河也忘不了兄長大人。

我曾經死過一次。

直到過勞死為止的那些日子，雖然已經完全麻痺，體會不到任何事物帶來的感受，但在生命一點一點被削去的期間，依舊令人痛苦難耐。

死亡便是這麼地痛苦又難受。

我可不想讓兄長大人遭遇這種事情。

「大小姐。」

侍從伊凡悄聲地輕喚著在兄長懷裡不斷哭泣的葉卡堤琳娜。

「請您別哭了。閣下會由我來保護，不會發生任何萬一的。即使我的身體被四分五裂，閣下也會平安無事地回到大小姐的身邊，所以您不必擔心。」

「……」

抽噎地吸了吸鼻子，葉卡堤琳娜這才終於抬頭看向伊凡。

喔，伊凡也跟米娜一樣，兼任兄長大人的護衛啊。

「……伊凡很強嗎？」

「我尚未遇過比我更強的人。」

他若無其事地這麼說。

太厲害了。伊凡說著這番話，根本就像哪個故事中的主角一般。

「……伊凡也不能受傷，要一起回來……」

「好的。既然大小姐都這麼說了，我也會完好無傷地回來。」

伊凡再度以開朗且輕快的聲音這麼說。

我都不知道，原來伊凡是個能夠若無其事地說謊的類型。

他果斷地說出「完好無傷」這種話，反而更讓我明白，要是兄長大人遭遇什麼危險，伊凡即使身體被四分五裂，也的確會保護兄長大人吧。想必他真的非常高強，甚至超越了人類的境界。

「……謝謝你，伊凡。」

「不客氣，大小姐。」

葉卡堤琳娜終於止住了淚水，伊凡也露出平時那樣親切的笑容。

阿列克謝像是鬆了一口氣般淺淺笑著，並用指尖拭去了妹妹的眼淚。

「是我說話太不經大腦了，抱歉。」

「不，兄長大人……我才是，竟然在你生日這天這麼心慌意亂，真是羞愧。還請兄長大人原諒。」

當我覺得害羞地抬眼一看，只見阿列克謝睜大了雙眼。

「說什麼原諒？妳這是在替我著想，我才希望妳能原諒我說了那種粗神經的話。我發

誓，絕對不會留妳一個人。謝謝妳願意替我這種不懂得慶祝生日的意義，替我這麼不解風情的人流下眼淚。玻璃筆確實是非常精美的禮物，但沒有任何東西比妳的眼淚更加神聖美麗啊，我心愛的葉卡堤琳娜。」

……嗚嗚，好溫柔。真不愧是妹控兄長大人。我變成一個這麼麻煩的妹妹真是抱歉。只是一想到兄長大人事有萬一就陷入混亂的我也同樣是個兄控，但總不能讓兄長大人傷腦筋吧。

好！我要重振精神好好努力。

在兄長大人籌備起虹石魔法陣之前，我要先把玻璃筆的事業做起來。並利用在這當中累積的經驗值，助兄長大人一臂之力！

「只要有兄長大人的陪伴，我就什麼都不會害怕了。我會靜心等待跟你一起致力於祖父大人留下來的遺產的那一天。所以，請你要好好保重自己的身體喔。」

「嗯。既然妳這麼期望，我也會做到的。」

……兄長大人是個比任何人都還像個貴族，也引以自豪的人。然而兄長大人決心要做的事情，說不定會成為讓貴族社會迎來終焉的契機，說來也相當諷刺就是了。

不過，正因為是由我們公爵家來主導這項變革，可能就不會像法國大革命那樣血流成河，而是以軟著陸的方式緩緩步向新體制。

雖然這麼想很狂妄，但我也會盡一己微薄之力，讓事情可以朝著這個方向發展。只要有兄長大人在我身邊，便會湧上無限的力量。我什麼事都會做喔！

阿列克謝的生日過後，又過了半個月左右時。

挑了個魔法學園放假的日子，時隔好幾個月召開了三公會議。也就是尤爾諾瓦、尤爾賽恩、尤爾瑪格那三大公爵齊聚在皇帝面前的國策會議。

趁著這次機會，阿列克謝表示希望能在三公會議前進獻一項物品。皇帝康斯坦汀也爽快地答應，並調整了相當緊湊的行程，抽出了一點時間。

「陛下。」

當康斯坦汀出現在皇城中要用來舉辦三公會議的豪華會議室時，先到裡頭等待的阿列克謝立刻站起身來。他恭敬地低頭致意。

「感謝您抽出寶貴的時間。」

「難得囉嗦的傢伙不在，放輕鬆點。你才是不但要處理公爵的公務，也得忙於學業，竟還說有東西想親自進獻，想必很不得了吧。」

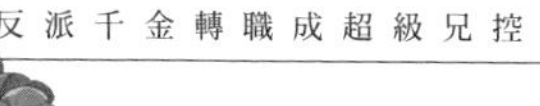

康斯坦汀直爽地說。當他還是皇太子時，常會突然晃到兒子米海爾那邊，一同教導陪他學習的阿列克謝及弗拉迪米爾一些學識及劍術，現在的口氣便像是當時那般。

聽他這麼說，阿列克謝也微笑道：

「是的。我敢保證陛下一定會喜歡。」

「哦。」

一邊回以自然的笑，康斯坦汀同時也在內心想著，究竟有多少年沒看見這孩子露出這麼柔和的表情了？

康斯坦汀每次見到阿列克謝，都會覺得他的外表越來越像某人，內在的成長卻是正好相反——比較的對象，是阿列克謝的父親，亞歷山大。

康斯坦汀與亞歷山大就跟現在的米海爾與阿列克謝一樣，是從小便認識的友人，還有尤爾瑪格那的格奧爾基也是。但康斯坦汀與格奧爾基的個性不太合拍，跟亞歷山大之間比較親近。小時候的他，跟既富魅力又討喜的亞歷山大可說是摯友。

但自從進入魔法學園就讀後，兩人之間便保持了一段距離。除了亞歷山大和女性之間複雜的關係讓他看不下去，也是因為他知道儘管有著優異的知性，無論武藝還是任何事情都能輕而易舉地辦到的那個男人，在本質上其實徒有空虛。

拋開這些思緒，打開阿列克謝遞上來的紫色天鵝絨盒子，當康斯坦汀看到那個進獻品時，他的第一個反應是不禁感到費解。

很美。這點毫無疑問。

絲綢的內襯穩穩地固定住的，是三支細長的玻璃工藝品。每一支的尖端都在透明玻璃上刻出線條越來越細的美麗螺旋，除此之外的部分則是精心製作出了不同的風格。

第一支是紫色玻璃加上華美的金工及琺瑯，描繪出象徵雷神的羽翼及蛇。紫色是皇帝的顏色，雷神既是代表吉祥的圖樣，也因為始祖彼得大帝擁有雷屬性的魔力，特別受到皇室喜愛。

第二支則是在同為紫色玻璃的尾端加上獅子頭部的設計。獅子當然是王者的象徵。明明只有跟指尖差不多的大小而已，作工精細的程度，就連看慣各種優異工藝品的皇帝都為之讚嘆。

第三支跟其他的比起來相對簡潔，使用了夏季天空般的藍，以及南方大海般的藍綠色這兩色的玻璃扭轉而成。這很明顯代表了康斯坦汀跟皇后瑪葛達蕾娜的髮色，也讓康斯坦汀不禁想起當妻子放下總是盤起來的頭髮時，自己用手指順著髮絲間梳下來的事情，並露出苦笑。

那是在寢室裡私密的光景。可不是在會議室當中，況且還是在跟自己兒子差不多年紀的孩子面前該想起的事情。

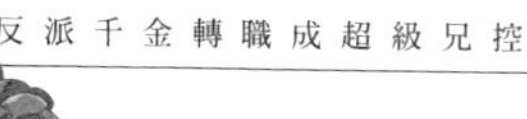

「著實美麗，但這是什麼？」

「陛下，這東西名為玻璃筆。不只是外觀美麗而已，還比平常的羽毛筆更便於書寫，也能吸取更多墨水，因此可以一口氣寫下更多文字。是個劃時代的書寫工具。」

阿列克謝這麼說明的語氣，聽起來像是難以抑制自豪的心情。

在阿列克謝的推薦之下，康斯坦汀拿起玻璃筆，並沾取墨水試著體驗了書寫的手感後，他不禁沉吟。這筆尖寫起來確實遠比羽毛筆更為滑順，即使連續寫下好幾行字，一次沾取的墨水也不會用盡。

「我確實很喜歡這個喔，阿列克謝。這真是不錯。」

康斯坦汀面露微笑。

既美麗又兼具實用性，還是創新的書寫工具。她也肯定喜歡吧。

「但這樣的東西，你是從哪裡入手的？這是我等皇國的產物，還是從他國買來的呢？我可沒聽說尤爾諾瓦有拓展玻璃工藝的事業。」

於是，阿列克謝隔了一拍後答道：

「是妹妹葉卡堤琳娜在她自己的工坊讓人做出來的。」

「什麼？」

「她是個無欲無求的孩子，但某天突然說想買下一處玻璃工坊，我於是買給她。沒想到她說著要送給我的生日禮物便是這個。」

阿列克謝從上衣內袋中拿出藍色天鵝絨的盒子，隨即打開讓康斯坦汀看了水藍色及藍色的玻璃筆。

「師傅的作工的確相當精美，但一開始產生要做玻璃筆這個想法的是葉卡堤琳娜。她現在為了支付薪資給玻璃工坊的師傅，幹勁十足地想拿這個玻璃筆做場生意。」

看阿列克謝以盡可能平淡的語氣說著這件事，康斯坦汀不禁輕聲笑了出來。

儘管實在很難想像一個深閨的千金會有這般劃時代的發想，但阿列克謝並非會說出一旦經過調查便會被揭穿的謊言的那種愚昧人物。不如說，這孩子似乎不太想說出這是妹妹的發想。

阿列克謝不希望皇室提高對他妹妹的評價。

看樣子尤爾諾瓦並不打算讓葉卡堤琳娜成為皇后。

所以他才會猶疑了一個瞬間，卻還是說出口了。面對皇帝的提問，是絕對不能回以敷衍或虛假之言。賢明的阿列克謝能確實明辨這樣的事理。

（不過……葉卡堤琳娜啊。）

康斯坦汀回想起行幸那天，她恭迎皇室時的身影。穿著格外映襯出那身透澈白皙肌膚的闇夜色禮服，那個纖瘦的少女。簡直不輸給豪華寶石的成熟美貌，令人難以想像才年僅

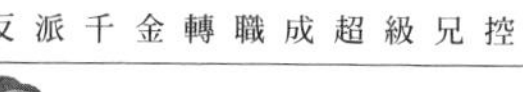

十五歲而已。

不但能落落大方地與皇后交談，還會雙眼發亮地聽著一般千金應該不會感興趣的關稅及保險的事情，有著有點奇特的一面。更何況她是這個阿列克謝的妹妹，更是那位謝爾蓋公的孫女。如果這個玻璃筆真是出自葉卡堤琳娜的發想，那孩子或許跟她祖父相當相像。

「想做玻璃筆的生意啊。尤爾諾瓦公爵千金是要自己經營工坊嗎？」

「……她說既然是自己拜託我買下的，就該自己負起這個責任。」

康斯坦汀還是笑出來了。

「想支付師傅薪資，而且認為是自己該負起責任啊。你妹妹真是堅強又可愛呢。」

還有，儘管不想讓皇室給妹妹留下高評價，卻依舊壓抑不住想誇讚妹妹的阿列克謝也很令人莞爾。

「那你轉告葉卡堤琳娜，我想買這個玻璃筆作為送給皇后的禮物，要她讓師傅做出跟這個同樣美麗的作品來吧。」

與皇室關係親近的人都知道，在給皇帝的進獻品中，只要有皇帝康斯坦汀特別中意的東西，便會自己另外購買一份。這都是為了要作為禮物贈送給皇后。真不愧是從學生時代就用盡各種方法才追到妻子的人，相當殷勤。

無論如何，一旦是進獻給皇帝的東西，任誰都會認同那是上等品。但如果是皇帝要送給皇后的，那評價便會提升到極品。

康斯坦汀的這句話，讓阿列克謝那雙螢光藍的眼睛都亮了起來。

「這是我等的榮幸。妹妹也會萬分感激。」

「看來葉卡提琳娜也滿有精神的，真是太好了。之前聽你說她身體虛弱，後來怎麼樣了？」

「托您的福，目前沒有太大的問題，照常過著學園生活。但接下來皇都的天氣將會越來越熱，我很擔心她的身體狀況能不能適應這邊的天氣。」

看來他還是想強調體弱多病這個印象。

「那夏季放長假時，你們兄妹倆便會一起回去領地嗎？」

「目前是這樣打算的。畢竟自從我繼承爵位後也還不滿一年，得多了解領地的事情才行。」

「唔嗯。」

康斯坦汀稍微裝作在沉思的樣子。

「天文官也有說過，今年夏天會很熱的樣子。不然在夏季長假的後半也好，就讓米海爾到你的領地去避暑好了，方便嗎？」

能在領地接待皇子，也能向領民展現新上任的公爵跟皇室維持良好的關係，對阿列克謝來說絕非一件壞事。

然而阿列克謝的表情卻顯得有些微妙。看樣子米海爾確實還滿努力的，盡力於不被葉卡堤琳娜當個害蟲對待。

「……當然，能恭迎皇子是我等的榮幸。只是我才繼任爵位不久，葉卡堤琳娜也還做不慣公爵領本家代理女主人的工作，因此令人有些擔心能不能好好款待。」

聽見這樣壓抑著情緒的回答，康斯坦汀點了點頭。

「沒關係。他也還不是皇太子，放鬆點跟他相處便行了。」

皇國的第一皇位繼承人在從魔法學園畢業之前，之所以不會正式立為皇太子，正是為了可以維持進行田野調查時的輕便性。另一個考量則是以前也時不時會有皇子在學園嘗到戀愛方面的失敗經驗，如此一來也可以讓傷害降到最低就是了。

「遵命。」

說到這個份上，阿列克謝也只能低頭答應。

忽然間，康斯坦汀揚起了嘴角。

「雖然有葉卡堤琳娜在，但公爵家總不能長時間都沒有女主人。你也該早點訂下婚約了吧？」

「是……」

像是沒想到會被提起這件事一般，阿列克謝在轉瞬間顯得有點不高興。看來這孩子似乎對女性沒有抱持什麼好感。

但這也無可厚非。

畢竟，說到他身邊的女性便是那位祖母了。親生父親又是個生性愛拈花惹草的人，跟各式各樣的女性交遊往來，即使引發女性之間刀刃相向的事情，也只是置身事外地想著「為什麼要做這麼愚蠢的事呢？」並感到不解。

後來甚至時不時會發生跟那個父親傳過豔聞的女性們，跑來接近容貌相似的阿列克謝。他想必感到很厭煩吧。

正因為如此，才讓人希望個性不同於他父親，相當認真的這個孩子，可以早點跟端莊的千金組成一個正當的家庭。身為皇帝，當然希望掌有大權的尤爾諾瓦能安定下來，但這當中也帶著一個愛管閒事的親戚的心情。

「這方面的事情，我已經決定好自學園畢業後再考慮。請您諒解。」

「喔，這麼說來也是。」

儘管之前便有這麼聽他說過，卻仍舊會不禁干涉這件事情，也是因為他雖然個性完全不同，但看來就和他父親一樣具備吸引女性的魅力。

無意間，康斯坦汀回想起一幅光景。那是阿列克謝還是個孩子時，也是當他跟尤爾瑪

格那的嫡子弗拉迪米爾仍很要好的那時。

阿列克謝跟米海爾都是很優秀的孩子，但論及學問的領域，弗拉迪米爾可說是神童了。從孩提時期開始，無論對自己或他人就已經很嚴格的阿列克謝，面對弗拉迪米爾時可說是無條件地疼愛他。這孩子對人的喜好很挑剔，但還是會坦率地稱讚優秀的人。

康斯坦汀那次就跟那段時期的平常一樣，正要去孩子們念書的房間看看狀況。當時米海爾不在場，阿列克謝正拿了一本詩集給弗拉迪米爾，並問他能不能背誦出來。

『我之前已經讀過這本了，所以能夠背誦喔。』

『這樣啊，真是厲害。』

『……我只不過是很會記東西而已。有種叫鸚鵡的鳥能反覆說出聽過的話，我就跟那種鳥差不了多少。』

『我再怎麼認真閱讀詩集，也無法理解詩的美。好像是因為我的心沒有那種感受性。但是，當我聽見你的聲音唸出來的詩，總覺得很美。』

阿列克謝一本正經地這麼說，但他的雙眼轉而亮了起來莞爾說道：

『如果那隻鸚鵡能跟你一樣，讓我覺得話語聽起來這麼美，我都想養一隻帶著走了呢。要是平常有隻能發出像你一樣的聲音，並像你一樣說話的鳥在身邊，我覺得自己會非常幸福。』

……那個時候的弗拉迪米爾，臉紅到令人同情。

遲遲抓不到時機進入房間的康斯坦汀不禁心想，阿列克謝搞不好是個比他父親更惡質的男人。明明只是個孩子，卻能純真地對朋友說出這種幾近甜言蜜語的話，將來肯定更不得了。

但不知道該說是幸好還是不幸，無論過去還是現在，阿列克謝只對少數人敞開心胸。只要有他心儀的女性出現，想必一瞬間便能擄獲對方的心，並會一直對那個人投注滿滿愛情，生活下去吧。

跟弗拉迪米爾交惡後，對阿列克謝來說特別的存在似乎也沒有出現。既然他現在將那份愛情都傾注在葉卡堤琳娜一個人身上，那米海爾可能也得不到回報吧。

「兄長大人，歡迎回來。」

結束在學園放假這天舉辦的，位於皇城的三公會議後，葉卡堤琳娜到玄關大廳迎接回到皇都公爵宅邸的阿列克謝。

「嗯，葉卡堤琳娜。」

三公會議是三大公爵及皇帝齊聚一堂的國策會議。阿列克謝身上穿著符合那樣場合的正式服裝，讓他看起來比平常更像個道貌凜然又秀麗的貴公子。不管心中有什麼掛念的事情，葉卡提琳娜都仍會不禁先沉醉地看著兄長並為之著迷。

看著這樣的妹妹，阿列克謝也覺得可愛地對她莞爾說道：

「陛下果然很喜歡妳的玻璃筆，還當場訂購了喔，說是要送給皇后陛下的禮物。」

「哎呀，真高興！這真是令人開心！」

其實葉卡提琳娜本來也打算進獻玻璃筆給皇后陛下，但被阿列克謝阻止了。如果是當作一份禮物能討人歡心的東西，就該只進獻給皇帝陛下，並賭一把會被選作送給皇后陛下禮物的可能性。聽說祖父謝爾蓋時不時會用這招。

換句話說，祖父大人說是要給陛下的進獻品，但其實是在向他推薦送給妻子的禮物。想必是貴族媒人這個興趣的延伸，讓他繼續促進夫婦間的圓滿關係吧。

仔細想想，對祖父大人來說，陛下算是他妻子的外甥。他的貴族媒人興趣，可能也像是「從小看到大的那個孩子有喜歡的對象了啊，很好很好，那我也來推一把好了」這種感覺……不過能用這種態度面對終究要成為陛下的人，也很厲害就是了……

「還有一個好消息。賽恩公看到陛下的玻璃筆後，表示自己也想要呢。他很殷切地說要排在皇后陛下後。他好像很想在跟從『諸神山嶺』另一側過來的大商人簽署契約時，拿出來炫耀一番的樣子，告訴他們我國有著這種美麗又優異的東西。」

「天啊……這是何等光榮。」

皇帝陛下、皇后陛下，以及三大公爵家當中的尤爾諾瓦、尤爾賽恩的宗主。

以要確立一個高級品牌形象來說，這個名單也太過豪華了！

而且要是賽恩公真的在外國商人面前拿出玻璃筆用給對方看，搞不好還會接到想進獻給他們君主的訂單。雖然這只是個太美好的妄想，但也不完全沒機會吧，大概啦。

很好，我就收下這張戰帖了！

「說到這是出自妳的發想，賽恩公也表示想見見妳了。他是個熟悉商業及貿易的人物，妳應該可以學到很多……今天的三公會議中，最蔚為話題的便是妳了，所以瑪格那感覺很不是滋味。」

輕笑出聲的兄長大人感覺心情很好。但我可不是值得在那麼厲害的場合成為話題的人物，所以讓我不禁像龍蝦一樣伸展著身體軟腳就是了。不過妹控哥哥覺得開心就好。

總之，我該做的事情是加強玻璃筆的生產體制。我想讓穆拉諾工坊正式重啟，同時生產玻璃杯那類的產品確保收益。為此，明天便要去跟那些雷夫找來的穆拉諾師傅的弟子們見面，預計招募他們回到工坊工作。

對了對了，關於這個超高級玻璃筆的價格，要決定設在哪個價位也是一項重大的工

作……但到底要賣多少才妥當啊？我完全沒有頭緒啊！嗚哇～～哈利洛先生救命～～

不久後，葉卡提琳娜就去找哈利洛商量玻璃筆的價格。但她在聽見哈利洛用燦爛的笑容果斷地說出口的金額後，整個人僵了好一陣子。

「大小姐，這沒什麼好驚訝的。如果沒有這種程度的價碼，反而有失陛下的面子，而且也無法負擔整體費用吧。」

「說、說的也是。畢竟是要送給皇后陛下的嘛。」

如果送了一個便宜貨當禮物，也會以損皇帝陛下的顏面嘛。

還有費用。快回想起上輩子開發過的會計系統吧。像是資產負債表跟損益表之類。

買下工坊的費用算是負債嗎？還是資本呢？無論如何，我得將收入提升到足以應對那筆金額才行喔。損益表上還必須記載將足以回收人事費用、材料費、燃料費、雜費……各種成本的利益。

即使玻璃筆的價值跟寶石差不多，但只要買方接受那便是妥當的價格！這可是世界上唯一一種富豪人家奢華文具的價格喔，我可不能嚇到退縮！

隔天。

葉卡堤琳娜做足準備，在米娜的陪同之下前往穆拉諾工坊，並將在那裡跟雷夫還有其他四位以前在穆拉諾工坊工作的師傅見面。

在踏入工坊的瞬間，便能感受到之前所沒有的熱度。那是雷夫為了打造玻璃筆而重燃了窯爐的火，但給人的感覺彷彿工坊這個生物重新找回了體溫一般。之前四處蓋著的白布全都取走了，各式各樣的道具整齊有序地擺放著，靜靜地帶出了一股活力。

「大小姐，非常感謝您特地前來。」

「雷夫，我帶來了很棒的消息喔。各位，謝謝你們今天聚集在這裡。我是葉卡堤琳娜．尤爾諾瓦。」

葉卡堤琳娜對大家投以微笑後，玻璃師傅們全都僵在原地。

一行人來到位在工坊一隅的會客區，他們的心情也總算平復下來。但沙發坐不下這麼多人，師傅們都站在一旁，就連雷夫也站著。他在這當中明明是唯一已經受到僱用的師傅卻還是這麼客氣，應該是因為在師傅們當中他最年輕的關係吧。

穆拉諾工坊絕非看重年功序列，而是秉持實力主義的樣子，因此可說是雷夫的個性謙遜沉穩。

那我就代替雷夫，來發出第一聲吧。

「雷夫，我先跟你說一件事。之前請你做的玻璃筆，昨天兄長大人……尤爾諾瓦公爵

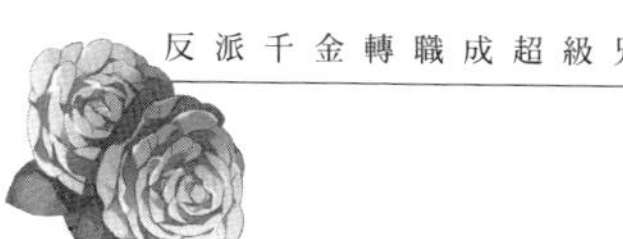

阿列克謝進獻給皇帝陛下了。陛下似乎十分中意，想訂購一組作為禮物贈送給皇后陛下，並指定是要同樣美麗的東西。」

「！」

師傅們都感到一陣震撼。作品進獻給皇帝陛下這件事，對他們來說是最高榮耀。而且皇帝陛下甚至還要親自買下作為送給皇后陛下的禮物。

「而且，當尤爾賽恩公爵閣下看到進獻給陛下的玻璃筆，似乎也很殷切地表示自己也要買喔。所以雷夫，接下來要請你製作將用來贈送給皇后陛下的禮物，以及下一筆尤爾賽恩公的訂單這兩組玻璃筆。」

「這、這是我的榮幸。都是多虧了大小姐，感激不盡……」

雷夫深深低頭致意。

「也是因為有你的技術才能得到這番賞識。能夠做出玻璃筆的，現在這個世界上就只有你一個人而已。往後，我打算慢慢打造出可以讓優秀的師傅自在地製作作品的環境。」

對雷夫笑了笑後，葉卡堤琳娜看向其他四位玻璃師傅。

「各位都是之前待在穆拉諾工坊的師傅對吧。」

「是的。」

師傅們紛紛低頭致意。

「聽說你們現在都在其他工坊工作。請問你們有沒有意願回到穆拉諾工坊呢？我敢保證，在薪資及待遇方面都能提供比各位現在工作的工坊更優渥的條件。」

聽葉卡堤琳娜這麼說，師傅們雖然尚未答應，但他們的表情都展現出滿滿的期待。看來剛才說的那番話起了很大的效用。

「一如我剛才說的，我想將新開發的玻璃筆這項製品，培育成往後穆拉諾工坊的主力商品之一。然而，現在也有許多人想購買穆拉諾工坊製作的美麗玻璃杯以及玻璃盤。因此，我希望能有繼承穆拉諾師傅技術的師傅回來。漸漸地，也想請各位掌握製作玻璃筆的技術。」

「……請問，可以詢問一件事情嗎？」

開口提問的，是在師傅們當中應該屬最年長，一位瘦瘦高高的男性。

「當然啊，請說。」

「謝謝您。」

不愧是穆拉諾工坊教出來的，舉止相當有禮。不過，他詢問的是還滿尖銳的內容。

「為什麼尤爾諾瓦公爵家的大小姐，會親自來經營玻璃工坊呢？想必不用經過多少年，您便會嫁去名門夫家了吧。屆時這間工坊會變成什麼樣呢？」

「這樣問也太失禮了吧！大小姐，非常抱歉！」

雷夫立刻抛開沉穩的個性，對他如此大吼道。但葉卡堤琳娜反而露出了微笑。

「沒關係的，雷夫。會抱持這個疑問很合情合理。這對我來說，反而是想先讓各位知道的事情。」

雖然不是上輩子的某位記者，不過這個問題問得真好！

年長的師傅，你真的很聰明。即使是在上輩子的日本，女性在一生中都會隨著各種人生階段產生劇烈的變化。更何況這個世界的女性無法選擇自己的人生。就一般常識來說，未來我的立場改變之後，便很有可能會從工坊的經營權中抽身。

我不想離開兄長大人身邊，況且只要我這麼期望，兄長大人應該也會替我實現，然而師傅們並不會知道這些事情。要是轉職後工坊很快又倒閉，師傅們應該也會覺得不堪其擾吧。

「以這間工坊的經營層面來說，負責人確實是我。不過一如此般懸念，我的立場確實可能會有所改變。因此，這間工坊的所有權終究還是由尤爾諾瓦家掌握，而且尤爾諾瓦家也必須擔起工坊的責任。在聘雇方面，尤爾諾瓦會跟各位簽訂契約，所以即使我離開本家，各位的待遇依舊不會有所改變，敬請放心。」

葉卡堤琳娜接著拿出一張紙，親手遞給那位最年長的師傅。

「這份聘雇契約是跟我們家的顧問律師商量之下製成的。要是沒有給予各位按照這份契約上說好的待遇即是違反契約，是可以用皇國法律譴責的喔。在皇都來說，工坊的師傅無論做了多少工作似乎都是給予固定的薪資，但在這次的契約中，除了基本薪資之外，還加入了論產能計酬的制度。這個計算方法讓各位只要做到合理範圍內的工作，便能拿到比其他工坊更好的薪資。而且，還會另外給予努力的人應有的報酬。」

絕不容許無薪加班！

「……不過，各位絕對不能勉強自己工作過頭。唯有這點，請各位務必遵守。除此之外，還清楚記載了像是沒有正當理由不得解雇，以及要是在工作時受傷而無法工作，會支付慰問金等事項。現在這份契約是雙方都尚未簽名的狀態，請各位先拿回去仔細看過一次，並和家人商量後，再決定是不是要回來工作。」

將契約也發給其他三位師父後，看起來反應還不錯。

雷夫則是當場就在聘雇契約上簽名了，用的是玻璃筆的樣品。

其他四位師傅也深感興趣地盯著玻璃筆看，這讓感受到他們職業精神的葉卡堤琳娜不禁莞爾。希望他們都願意回到穆拉諾工坊。

回想起來真是一段驚濤駭浪般的日子。

在學園的教室裡，進行班會的時間，葉卡堤琳娜聽著老師說話，一邊感慨萬千地這麼想。

今天是結業式。第一學期結束，明天開始就放暑假了。

入學典禮感覺就像昨天才剛發生一樣，卻也像是久遠以前的事情。

行幸之類，還有搞什麼計畫等，真的發生了很多事。遙想參加入學典禮的那個時候，滿心只想著：「得折斷少女戀愛遊戲中的皇國滅亡旗標才行！」

更折斷了皇國滅亡的旗標，也就是魔獸登場的劇情，不對，通關的是芙蘿拉。

至於毀滅旗標……那時候好像是打算「絕對不靠近女主角跟皇子，也絕對不跟他們說話！」的樣子吧。

哎呀～～哈哈哈！

嗯，計畫完全分崩離析……幾乎每天都在跟他們說話呢。

跟女主角芙蘿拉的關係，已經要好到說是摯友也不為過。她真的是個很好的朋友，既體貼又很努力，其實非常聰明但行事低調，不過意志堅定。是個就連奔三女也覺得尊敬的好孩子。

還有，就連跟皇子也是每天都會說上話。沒辦法嘛，對方就是會自己跑來搭話啊！為了會跟我一起行動的芙蘿拉，也得提升跟他的好感度才行。反派千金很支持女主角跟皇子的戀情喔！

而且皇子每次都會吃掉一兩個要拿給兄長大人的午餐呢。他一拜託，我便會忍不住給他了。身材明明那麼瘦，卻是個滿會吃的傢伙。

他每次都會稱讚好吃，所以我也不會覺得厭惡……即使知道兄長大人不太喜歡吃甜的，有時也會想說皇子應該會吃得滿開心的，便還是做了甜食。呃，但也是因為我自己想吃啦。而且也有其他人喜歡吃甜食嘛。

我總是不禁會想，他也是個好孩子。我覺得他的想法都有深度，他的腦筋應該非常好，卻都不會表現出來，感覺就像站在退了一步的地方。畢竟與生俱來就帶著要成為領袖人物的宿命，所以他似乎都在抑制著不讓自己獨斷獨行。這個年紀便有著這般自制心，雖然跟兄長大人是不一樣的層面，但真的很厲害。

而且跟他們在成績方面也是良好的勁敵關係。

在期末考前我就覺得皇子好像會拿出真本事，所以我也很認真地念書了喔。

然後考試的結果是……！

第一名，米海爾・尤爾古蘭。

第二名，芙蘿拉・契爾尼。

第三名，葉卡堤琳娜・尤爾諾瓦。

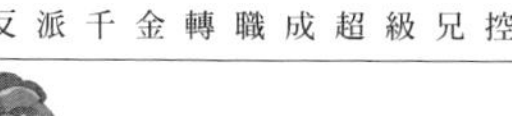

……掉到第三名了～

不過，這也是我盡力後得到的結果。我打從心底祝福皇子跟芙蘿拉。他們兩個人真的很了不起。皇子甚至有可能每科都拿到滿分，畢竟當我在跟芙蘿拉對答案時，都覺得可以考到不錯的成績了，他竟然考得更好。

『這讓我鬆一口氣了……好開心。出生以來我還是第一次產生這樣的心情。』

看到貼出來的榜單後，苦笑著這麼說的皇子讓我印象很深刻呢。他考試應該沒有這麼拚命過吧。說真的，我還是有點不甘心，但也覺得他的努力有得到回報，真是太好了。能成為終將登上皇帝之位的你，在學園生活中留下的一段回憶，我也覺得很榮幸啊，嗯。

兄長大人拚命地安撫我，讓我覺得現在不是感到不甘心的時候了。他說著「妳還要處理工坊的事情，這麼忙碌也是理所當然的」，以及「妳做的事遠比學校的課業更有價值」諸如此類。

在榜單前面被緊緊抱住還附帶摸摸頭！何等獎勵啊！不如說幸好我考第三名！

但兄長大人本人就連在剛繼承公爵爵位，又十分辛苦的時候，都依舊維持著第一名的成績……相較之下真的令人羞愧。

所以，我忍不住試著這麼說了。

『是兄長大人太寵我了。這樣我會變成一個無用之人。』

結果，兄長大人就停下摸著我的頭的手，語氣悲戚地說：

『……這讓妳討厭我了嗎？』

轟咚！

愛情火箭點火後一秒突破平流層抵達宇宙空間了地球好藍啊——！

一份愛意讓火箭一秒噴發！

我到底在說什麼啊！

我緊緊回抱他，並拚命說著「怎麼可能呢，才不會有這種事」，結果皇子便一副頭痛的樣子，扶著額頭喃喃自語。

『……這到底是要怎麼追上啊？』

還要追上什麼？你不就是第一名了。

而且這個時候，瑪麗娜她們幾個我們班上的女生，還有好像是三年級的學姊（應該是兄長大人的同學？）都在場，人口密度還滿高的說。大家這次是不是都很努力呢？

跟芙蘿拉還有皇子建立起友好的關係也讓我覺得很高興。但關鍵的毀滅旗標不知道變得怎麼樣了！

我不禁會想，應該沒問題了吧？

不過想歸想。

就連那種想也沒想過的魔獸都出現了耶！

也很難斷定絕對不會突然發動整個事件始末都準備好的定罪劇情吧。很可怕耶！

所以，儘管原本要因應毀滅旗標的對策已經分崩離析，但還是不能再跟皇子更要好了！

皇子，拜託你了，不要再跑來跟我講話好嗎！快去跟芙蘿拉親密發展下去吧！

……雖然我應該別只在內心大喊，而是要想些可以提升兩人親密程度的策略才對。

但抱歉了……我好像沒有這方面的才能。上輩子的朋友替我掛過保證，我在跟戀愛相關的各種事情來說都沒有才能。我也完全不知道自己究竟是哪裡不好了，但好像就是這樣才不行。

可能只是單純不受歡迎而已，但偶爾會格外被一些奇怪的人吸引，並被朋友譴責為何要無視其他人，只鍾情於那種傢伙……我才沒有無視過別人呢，真不知道是哪裡不對了。

而且這輩子不只是個深居簡出的閨女，甚至是遭軟禁之身。一回想起那麼愛著一個人卻得不到任何回報的母親大人，無論戀愛還是男性都無法信任了。就只有兄長大人是令人安心的存在。

……呃，結果這輩子的千金葉卡堤琳娜，骨子裡也是個兄控嘛。我還是第一次產生這種自覺。

但我昨天有努力了！

考試結果出來後，我拿著又向雷夫要來兩支跟我自己用的一樣，試做的透明玻璃筆樣品，把芙蘿拉跟皇子找來校內的涼亭，送給他們當作禮物，並帶著身為勁敵，以後也要一起切磋琢磨的意思。

我平常都是跟芙蘿拉一起念書的，卻只有自己使用方便的工具，總覺得過意不去。所以，如果把皇子也一起捲進來當作是慶祝我們考到前三名，芙蘿拉便能不用客氣地收下。何況皇子這次也很努力，能留作一種紀念的話我也會很開心。

……雖然我總覺得給貴為皇子的人樣品好像不太對，但無論身分為何，他都還是個孩子而已。只是給他一個努力準備考試的紀念，總不能就送他高價的完成品。

他們兩個人都很高興地收下了。

這麼說來，我給皇子的是兄長大人版型，偏大的玻璃筆，沒想到他的手跟兄長大人差不多，讓我感到有點驚訝。皇子的身材也算是滿高挑的，搞不好以後還會再長喔？不，他是不是已經比剛入學時還要高了？

但先不論這件事，總之那時閒聊到暑假的計畫。之前便有聽兄長大人說假期後半的時候皇子預計會來到尤爾諾瓦的領地，因此當然就聊到了這件事情。

於是，我向芙蘿拉提議道：

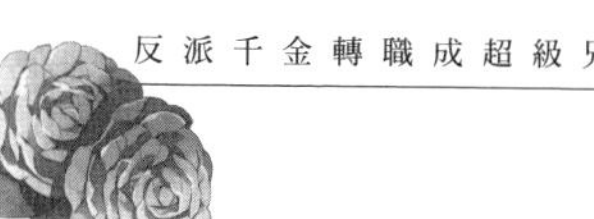

『不介意的話，芙蘿拉小姐要不要跟米海爾殿下一起來我們領地玩呢？直到下學期開學前都見不到妳，會讓我感到寂寞的。』

『這——我也覺得不能跟葉卡堤琳娜小姐見面相當寂寞。但是，總不能……』

嗯，要跟皇子一起也太承受不起了對吧。況且芙蘿拉總不能自己主動拜託這件事。

偷瞄。

偷瞄。

『啊——……芙蘿拉，妳不介意的話，就跟我一起去尤爾諾瓦領地吧。旅途中若是有個伴，也會讓人比較開心。』

太棒啦！

『由我這種人一起同行總覺得很過意不去，但如果殿下真的這麼想……』

『我當然是真的這麼想啊。而且我也希望可以找個時間跟妳好好聊一聊。』

很好。很～～好很好！

聽兄長大人說皇子要來領地玩時，我還很慌張地不知道該如何是好。

但危機便是轉機！我應該可以趁著這個機會推一把，一口氣縮短皇子跟芙蘿拉之間的距離才對。

兩人一起旅行什麼的，絕對是可以讓親密程度暴增的事件吧？

這是反派千金策劃的特別活動！芙蘿拉，加油！

我自己也覺得這是一招絕妙的助攻。

我確實有在努力喔！

而且我在閒聊時還得知了一件令人驚訝的事情。

說到會製作玻璃筆是因為想送給兄長大人當生日禮物時，我無意間問道：

『米海爾殿下的生日是什麼時候呢？』

『四月十日喔，早就過了。』

咦！

也就是在入學典禮不久後？當我因為昏倒而沒去上課的那段期間？

什麼——？等等，也就是說……

『米海爾殿下，您已經十六歲了嗎！』

『是啊，妳不知道嗎？』

我……我不知道。還以為他才十五歲……像是那個時候還有那個時候，我都一直想說年僅十五歲好了不起之類，明明才十五歲而已什麼的……

呃，看在奔三女眼中，十五歲跟十六歲是沒有什麼差別沒錯啦。但該怎麼說呢，就是……嗚哇～～為什麼要這麼早生啦～～！

見我這麼慌張的反應，皇子也輕聲笑了出來。

『這搞不好還是第一次有人問我生日呢，感覺有點新鮮。』

唔……抱歉，皇子。這麼說來你是兩位陛下的寶貝獨生子，出生時想必整個皇國都沉浸在歡慶的氣氛中吧。說不定皇子的生日還是一般常識。我們明明是親戚，我卻不知道，真是抱歉。

『如果阿列克謝也能多跟妳說一點我的事情就好了呢。』

你說什麼，兄長大人才沒有錯！

『米海爾殿下！如果您要說這是兄長大人的錯，那我也不會跟您客氣喔！』

雖然我在武術方面完全沒有經驗，但要論魔力在全學年中可說是最高等級的喔！放馬過來吧——！

『……』

不要大爆笑啊——！

「大小姐，請您不要亂動！再一張就好，真的只要再一張就好！」

「這都是第幾次的再一張了啊……」

儘管有氣無力地這麼說，葉卡堤琳娜照著要求擺出的姿勢依舊沒有鬆懈下來。

一個身材高大的中年男子一臉拚命的樣子，正在用素描畫著做出回首姿勢的葉卡堤琳娜。他是受託製作太陽神殿中的黑夜女王，也就是闇夜精靈的複製雕像的木工雕刻家。

為了讓女神像做得更有真實感，想以活生生的女性作為原型。聽神官表示公爵家大小姐的身影就猶如女神顯現於世一般。請務必讓我作為參考——因為對方這麼殷切地拜託，葉卡堤琳娜便抽出了時間給他。

與其說是想要一尊複製女神像，訂購的是跟母親身影相似的雕像，因此由長得像母親的葉卡堤琳娜來當模特兒，應該能做出更令人滿意的作品。所以阿列克謝跟葉卡堤琳娜也都沒有拒絕的選項，中斷為了返回公爵領地的旅途而正在做的準備，並撥出了一點時間。

「大小姐。」

一邊在公爵宅邸內四處張望著，並在女僕帶領下前來的玻璃師傅雷夫以及另一人，在看見葉卡堤琳娜的身影後，才鬆了一口氣般這麼招呼道。

然而，他立刻睜圓了雙眼。

「不好意思喔，雷夫。可以請你等我一下嗎？」

「好的，當然沒問題……請問……」

感覺像是下定決心一般，雷夫拿出了好像平常便會隨身攜帶的素描本跟玻璃筆。

「可以讓我也一起畫下您的素描嗎？」

雕刻家終於心甘情願地離開了。葉卡堤琳娜在一間小小的會談室當中，與雷夫他們面對面坐著。

米娜替大家泡了茶，總之先喝一口再說。即使只是站著而已，也是滿累人的。畢竟立體雕刻的模特兒可說是全方位的。

「兩位也請用吧。謝謝你們特地跑這一趟。」

「不會，能被叫來這麼富麗堂皇的地方，真是不敢當。」

雷夫跟另一個人接著低頭致意。另一個人是年紀超過二十五歲的男性，有著深綠色的頭髮以及黃色的眼睛，整個人散發出知性的感覺。但下顎有點寬，面容看起來好像很頑固。

他是想轉職到穆拉諾工坊的人。

前幾天葉卡堤琳娜見的那四位師傅，全都決定回到穆拉諾工坊了。大家都在跟葉卡堤琳娜談完的隔天，就帶著簽了名的聘雇契約過來的樣子。似乎還有人在跟妻子商量後，不但沒有遭到反對，反而還被催著趕緊轉職過來。

而且出乎意料的是，聽聞對他們說明的待遇後，其他玻璃工坊的師傅們也接連表示想轉職到穆拉諾工坊。

皇國第一玻璃工坊的名聲，至今依舊沒有衰退。而且還被皇國最高貴的名家之一，坐擁寬裕資金的尤爾諾瓦公爵家買了下來。不但開發出新奇的製品並進獻給皇帝陛下，更以優渥的條件在招攬師傅。

以皇都的工坊來說，基本上被僱用的師傅通常待遇都不是很好，因此師傅在掌握到一定程度的技術後，一般來說便會開一間屬於自己的工坊，所以仍被僱用的那些人感覺通常是即使從學徒成為師傅了，依舊處於向人學習技術的立場。

因此，葉卡堤琳娜提出的條件，對被僱用的師傅來說可是垂涎不已。越是認真工作，便能得到越多薪資。何況那些並非違反個人意願，被胡亂指使的工作。要是受傷了還會有補償，這些條件全都清楚記載在契約上，也都會確實遵守。

即使尚未開始正式運作，也值得一賭。許多師傅都抱持了這樣的想法。

不過，在那當中也混入了一些奇怪的求職者。

「你就是葉戈爾．托馬，是位鏡片師傅呀。」

「是的，我原本工作的工坊倒閉了。這時聽說您這間工坊的事情，便抱持著姑且一試的想法前來懇託。我很明白這是不同的領域，但我很擅長下各種細膩的工夫。請問能不能僱用我呢？」

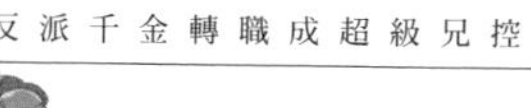

沒錯，他是製作眼鏡鏡片的師傅。雖然同為玻璃產業，但一如他自己講的，實屬不同領域。

但是，收到雷夫的信並得知這項報告後，葉卡堤琳娜便立刻寫下回信，表示想跟那位鏡片師傅見個面。

原因在於決定要做玻璃筆這項事業時，葉卡堤琳娜的內心也抱持一個隱憂——那便是在上輩子，玻璃筆的全盛期十分短暫這件事。

單純作為書寫工具的話，總有一天會出現更便利的東西。像是原子筆或鋼筆之類。

如果是只有羽毛筆的這個世界，只要開發個平價版，應該便能暫時成為最主流的書寫工具了吧。但如此一來，現在市場占有率越高，一旦被別的東西取代時，衰退也會更加顯著。那樣帶來的衝擊，很有可能會讓工坊難以經營下去。

一旦確立高級書寫工具的地位，應該就比上輩子更有利了吧。同時只要繼續製作玻璃杯等其他餐具，也足以分散風險了。話說如此，市場上多的是在製作玻璃杯的工坊。

不過，以上輩子的知識來看，即使是二十一世紀的日本，玻璃製造廠仍然是成長型企業。

好比作為鏡片的製造商。

像是光學機器、醫療器具等，在這些即使到了二十一世紀依然是會持續成長的領域當中，鏡片是必備要素。如果從現在開始也同時培養成為精密機具製造廠的要素，說不定一百年後，穆拉諾工坊還會留存下來。即使玻璃筆的市場衰弱了，搞不好依舊能繼續保護員工。

「之所以請你跑這一趟，就是希望你可以利用鏡片製作一些東西。你知道顯微鏡嗎？」

「顯微鏡……我曾聽過這個名稱，但沒有實際見過。」

在這個世界當中，也有顯微鏡，然而是非常原始的東西，放大率也只有比放大鏡更高一點而已。唯有部分好奇心強的人或是學者持有，一般人並不知道有這種東西。雖然尤爾諾瓦家有好幾個，但那好像是祖父謝爾蓋買來給叔公艾札克研究時使用的。

尤爾諾瓦家的顯微鏡幾乎都在位於公爵領地的叔公手邊，就只有一個放在這處皇都宅邸裡。在教托馬使用的方法，並試著讓他使用看看後，葉卡堤琳娜說明起自己想要的東西。

「我希望你能做出像這種形狀，下面還有個鏡子的顯微鏡。只要把想放大看的物品置於這個平台上，並讓下面的鏡子做成可以調整角度，透過反射光線照射在想放大看的物品上，希望能在明亮的狀態下觀看。」

說著，葉卡堤琳娜畫出一個簡單的圖。

這個世界的顯微鏡跟上輩子的形狀不一樣，沒有放置載玻片等東西的平台，而是直接將想放大看的物品放在桌上等地方，因此相當難以看清。所以，光是做成跟上輩子一樣的形狀，便能將機能提升到一定的程度。

「另外，還有一個想請你研究的東西。」

慢慢研究到未來想做出的東西是透鏡——可以避免色彩渲染以及像面中心模糊，被稱作消色差透鏡的東西。只要將有著不同折射力及色散能力的凸透鏡跟凹透鏡組合起來，就可以做成了。應該啦。

以前在念大學時，曾順便上到顯微鏡的歷史，當時的課本上就寫了這樣的事情。雖然記憶有點模糊就是了。

竟然可以抽取出這樣的記憶，人類的記憶真是一團謎。

「兩種鏡片是吧……您竟然能想出這樣的東西呢。」

鏡片師傅托馬感覺是不禁這麼脫口而出的。然而他一發現這是無禮的發言，便害怕地縮起了脖子——但你說得沒錯。

抱歉。這並非我所想出來的，而是上輩子的知識，抱歉。

「你覺得怎麼樣呢？」

「雖然不知道做不做得出來，但感覺很有趣。我生性愛講究鑽研，因此很期待能做各式各樣的嘗試……如果還可以靠這個吃飯，那更是求之不得。」

托馬笑了開來。他這個人或許還滿敢言的。

「只要看得出研究進展，便會支付薪資喔。」

應該沒辦法立刻帶來利益。

像是上輩子大受歡迎的擦擦筆，聽說開發那種墨水就耗費了三十年的時間。而且在進行開發的時候，似乎只是想做出「光是透過摩擦熱度便能改變顏色的有趣墨水」，並沒有料想到「可以透明化消除」這樣的機能。有時候還是需要將金錢花費在不知道能不能實際做成商品的東西開發上。

……雖然這也是尤爾諾瓦家有著寬裕的資金才說得出口的話。不好意思，如此依賴還這麼得寸進尺，真是不好意思。

「那我們會製作聘雇契約。請你仔細確認過內容後，覺得沒問題再簽名吧。」

「非常感謝您。我會仔細看過的。」

除了托馬以外希望能轉職過來的人，則是請雷夫鑑定他們的技術，並僱用有達到穆拉諾工坊水準的人才。發展一項事業，便必須要有完整的體制才行。

「雷夫，工坊才正要起步而已，我卻要離開皇都一陣子，真是抱歉了。」

「不會，所有東西都準備好了。接下來的事情就交給負責經營的專家，我也可以專注

於製作皇后陛下及尤爾賽恩公的玻璃筆。這讓我覺得像在作夢般幸福。」

「那也是多虧有你這身技術及才能啊。即使我暫時離開皇都，你也不要太過投入於工作，健康管理可是馬虎不得的喔。」

「是的，大小姐。」

雷夫深深地低下頭後，便朝葉卡提琳娜遞出了一個細細長長的盒子。

「那個，我在做完皇帝陛下的玻璃筆後，剛好有點空閒的時間，就當作喘口氣做出了這個東西……不介意的話，還請您收下。」

「哎呀！」

打開盒子一看，葉卡提琳娜發出了一聲歡呼。那是用藍色玻璃製成的，一朵藍薔薇的髮飾。

「多麼美麗……只是喘口氣便能做出這種程度的東西，你真的是天才呢。這讓我好感動呀。這要多少錢呢？」

「不！真的請您直接收下吧。這是我要送給您的回禮。」

「真令人開心。雷夫，你人真好呢。」

見葉卡提琳娜對他微微一笑，雷夫漲紅了一張臉，低下頭去。

托馬露出似乎察覺到什麼的表情，輕輕拍了拍他的背。

這兩個人應該也才見面不久而已，就已經這麼要好了啊～～看來往後穆拉諾工坊的工作環境很不錯呢！

葉卡堤琳娜抱著這樣的想法，笑咪咪地看著他們。

看來令人遺憾的思考模式也總是全方位開啟。

「兄長大人。」

當葉卡堤琳娜來到公爵宅邸中的辦公室時，阿列克謝立刻站起來迎接她。

「葉卡堤琳娜，抱歉了，在忙於準備旅途之際找妳過來。應對那個雕刻家，妳應該也累了吧。」

「不會的，兄長大人，那是一次難得的體驗，讓我覺得很有趣喔。」

累是累了，但也真的很開心。真不愧是全方位素描，寫實性十足。在沒有照片的這個世界，出生以來我還是第一次見到自己的背影呢。

啊，糟了，早知道也請他替兄長大人畫一張就好了！這樣便可以隨身帶著走了說！

……但本人就在眼前，應該也沒差吧。兄長大人總是穿著不失公爵品格的服裝，不過到了夏天會換上夏季制服，在辦公室裡也會不穿外套，只穿著襯衫而已。雖然說是襯衫，

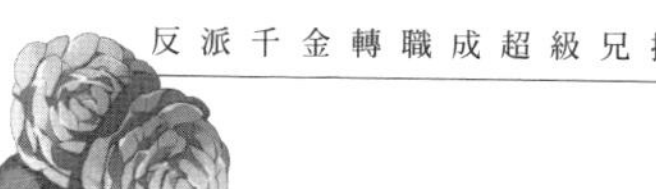

從設計看來跟夾克倒有點像，是有著銀線刺繡的優質品。可以看出他清瘦卻經過踏實鍛鍊的精實身材，真的是一大眼福，太幸福了。非常感謝。

「先從好事開始報告吧。哈利洛。」

「是的，閣下。」

商業流通長哈利洛對著葉卡堤琳娜笑了笑。那是最近經常看到的燦爛笑容。

「我們接到太陽神殿關於天上之青的大型訂單了。這都是以大小姐提議供獻天上之青為契機。公爵家負擔費用，以天上之青點綴了黑夜女王宮，那美麗的程度大受好評，前來參拜的人數似乎也突然增加了許多，因此神殿決定在其他地方也要積極地採用。」

「哎呀，真令人開心！」

達到想要的宣傳效果了，太棒啦！

「首先是顏料。太陽神殿本宮要重新描繪的巨大壁畫中，將會大膽使用天上之青。另外，也會在明年夏至祭時張開用天上之青染成的帳篷，讓前來參加的客人產生像身處天上一般的感受。這想法還滿風雅的呢。」

「真不愧是大受歡迎的太陽神殿，很懂得如何掌握人心。」

前幾天在參觀太陽神殿的時候，我就覺得那裡金碧輝煌的程度跟梵蒂岡有得比。竟然還要再裝飾得更美啊。

宗教設施必須讓人感受到非日常才行。畢竟這是讓人遙想神或下輩子這種遠離日常生活念頭的地方。看來這對存在著魔力及魔獸的這個世界來講亦然。

「妳的提議會掌握人心，正是妳身為女神的證據……但我還是會忍不住祈求妳別聚集太多信仰，只當我的女神就好。原諒我吧。」

兄長大人這麼說著，隨即牽起我的手，並親吻了指尖。哎呀～～好高興！妹控濾鏡今天也是開好開滿呢！

「天上之青既美麗又平價，是相當優秀的產品。這只是其本身的價值所帶來的結果而已。而且我的行動全都是為了兄長大人啊，因為我的一切全都屬於兄長大人。」

「謝謝。妳真是個溫柔的孩子。」

啊！那雙螢光藍的眼睛神色好溫柔。

兄長大人總是這麼寵我，無論我怎麼盡全力報恩也都比不上啦。

「哈利洛大人，前幾天我跟禮服的設計師商量了一番，決定在我這段時間穿的禮服上，一定會在某個地方加入天上之青的要素。希望也能在領地宣揚天上之青。」

設計師卡蜜拉小姐在聽我這麼說了後，反而感到很開心。

『沒有任何人比大小姐更適合天上之青了。有了必備的條件，反而能讓設計師更奮起呢！』

在皇都的社交界好像也漸漸流行起使用了天上之青的禮服。應該是皇后陛下採用後，帶來很大的影響吧。最一開始介紹的卡蜜拉小姐不但時尚感敏銳，也是備受矚目的設計師。她跟哈利洛先生——應該說是他負責這個案子的部下聯手，才能有划算的價格又能優先拿到布料的樣子……真是可靠。嗯，商業往來能夠雙贏便是最佳局面了呢。

「非常感謝您。一如方才說的，天上之青是很有價值的東西，但能這麼快就將其價值宣揚出去，都是多虧了大小姐的才能及智慧……雖然我無法一同前往公爵領地，但也抱持著滿心期待。」

「這麼說也是呢，商業流通的中心是皇都嘛……」

在來來去去的辦公室成員中，哈利洛先生像是固定班底，總是會在場。而且玻璃筆跟工坊這些事情全都要仰賴他，現在要分離一段時間，我心裡總覺得不太踏實。

但是，我也漸漸有點明白了。在工作方面，將據點擺在皇都是無庸置疑的事實。但一眼便能看出是異國出身的哈利洛先生，並非在這個皇國當中的任何地方，都能過上像在皇都一樣的生活吧。

尤爾諾瓦公爵領地在皇國當中，似乎本來不算是抱有強烈偏見的地區。不過，現在是留有一些影響。

臭老太婆的影響啦！

但這也是從我進出辦公室時，不經意聽到的各種事情所做出的推測就是了。

自從祖父大人辭世後的這七年，臭老太婆跟臭老爸好像一直都住在皇都的公爵宅邸。

不過在那之前，當祖父大人仍在世時，那兩個人基本上都是住在公爵領地的本家宅邸。由於肩負國政的祖父大人幾乎都住在皇都的公爵宅邸，能說是為了避開難相處的丈夫而過著分居生活。

但他們也不是一直都窩在公爵領地，時不時也會跑來皇都，欺負當時還是皇太子妃的皇后陛下之類，做了不少事情就是了。

即使如此，公爵領地的本家長期以來都還是臭老太婆的大本營。所以，那裡應該仍有很多傭人像之前解僱的侍女儂娜一樣，受到臭老太婆的想法影響吧。

而且，當兄長大人還很小時，是在公爵領地本家被老太婆既嚴格又冷酷地帶大的。

在那之後，大概六七歲左右便被帶到祖父大人身邊，基本上都住在皇都的樣子。

到了十歲，祖父大人辭世後，既然被強推去處理工作，便將計就計跟諾華克等親信一起盡量遠離老太婆，並住在公爵領地的本家。但他畢竟還要陪皇子玩，所以時不時便會被叫來皇都的樣子。

而千金葉卡堤琳娜被軟禁於別館時，好幾次都看見兄長大人從門前通過，應該是當他十歲後住在公爵領地本館的時期吧。

「欽拜雷。」

阿列克謝將財務長叫來，哈利洛便行了一禮退下。

交替來到兄妹倆面前的欽拜雷，手上拿著一個感覺很厚重的包包，上頭還有兩個鎖孔，是個讓人覺得簡直就像金庫般牢固印象的東西。

「葉卡提琳娜。」

阿列克謝的聲音一如往常溫柔，但葉卡提琳娜不禁端正了姿勢。

「我有些猶豫要不要跟妳說這件事。如果妳是個普通的千金，那我接下來要講的就不是妳該知道的內容了。但妳具備跟我一起統治公爵領地的器量，而且也一直都有展現出來。所以，妳願意聽嗎？」

「這是兄長大人做出的判斷。既然如此，無論是任何事情，我都會仔細聽。」

「妳真是個好孩子——欽拜雷。」

「是的，閣下。」

欽拜雷拿出鑰匙，解開包包的其中一個鎖。

拿出另一把鑰匙的是阿列克謝，欽拜雷接過後便解開剩下一個鎖。總覺得相當謹慎森嚴。

欽拜雷從打開的包包裡拿出了幾張文件。

「大小姐，這是經過公爵家重重會計處理並詳查後所判明的貪汙明細。」

欽拜雷語氣平淡地說出來的話，讓葉卡堤琳娜不禁睜大雙眼。

貪汙！

竟然是這麼險惡的事！

「葉卡堤琳娜，欽拜雷在祖父大人生前也曾擔任過財務長，他是最精通公爵家財務的人才。然而，在祖父大人辭世後，他便突然遭到解僱。」

……不用問也知道是誰解僱他的呢。

「遭受不合理解僱的人才，還有像是哈利洛等許多人……但欽拜雷是第一個被解僱的，也是最令人費解的處分。即使如此，以欽拜雷及哈利洛為首的許多人才，依然效忠尤爾諾瓦，也願意留在我身邊。諾華克將這些人才招集起來，創建了一個實際負責經營領地的組織。」

哦。影子內閣，也就是Shadow Cabinet的感覺。那好像是起源於英國在野黨為了隨時都能奪取政權而成立的組織吧。

但以我們家的情況來說，應該是真正的內閣吧。因為實際上讓領地能夠運作下去的，正是兄長大人及他的親信們。

「直到我繼承公爵之位，立刻便讓他們恢復到合適的職位了。大家離開的這段期間發

生了許多問題，當中又以財務問題特別嚴重，所以我讓欽拜雷花了一段時間專心地進行調查。而這便是調查後的結果。」

貪汙的程度甚至要讓財務長專注於這項調查……

葉卡堤琳娜的視線看向從欽拜雷手中接過的文件。

記載的項目很簡單，就是日期、資金名目以及金額。

原來如此，是從祖父大人辭世後開始的——呃，竟然立刻便出現貪汙了！

而且那個金額！這是怎樣，也太多個零。如果換算成日圓……有上億吧！

不過，看來只有最剛開始的那筆啊。接下來的……這也有好幾千萬耶。

才這麼想的時候又看到上億的項目了！而且接下來又是！

也太肆無忌憚了吧！幾乎每個月都有！

光是第一年度的總額……就已經很不得了了。

「請問……接任欽拜雷大人的那位財務長，現在人在哪裡呢？」

「……失蹤了。」

聽見阿列克謝的回答，葉卡堤琳娜稍微睜大了眼，並接著看向欽拜雷。頂著禿頭，面帶鷹勾鼻，欽拜雷那雙一看就讓人覺得個性相當嚴謹的銀色眼睛，沒有道出一字一句。

總、總覺得這兩個人好像都知道接任財務長的去向，但對我來說似乎不要知道比較好，我還是別再追問了……

接著看向第二年、第三年。

每一筆的金額是有一點一點減少了，但項目分散得非常廣泛，因此整年度的總金額仍沒什麼改變。

不，第一年就列舉出那麼多項鉅額，說不定其名目本身便是假的，或者在支付上有所捏造。

但可能是那樣做實在太過火了，會計方面會無法處理，所以才改變了做法。改成專挑一些在實際支付的金額中不會被人發現的項目蠶食鯨吞。

（啊。）

看到其中一個項目時，葉卡堤琳娜不禁倒抽了一口氣。

別館經費。

那是……母親大人跟我的生活費。原來是被人貪汙，不知道消失到哪裡去了。

那筆金額……以尤爾諾瓦公爵夫人的生活費來說，只是一點微薄的金額。即使如此，如果有確實收到這筆錢，應該就不用過上那種……吃穿都不盡滿足的生活了。

「葉卡堤琳娜……！」

察覺妹妹異樣的反應，阿列克謝這才發現她正在看的項目。

「抱歉……抱歉。」

「不，兄長大人。」

無意間，我產生了一個想法。兄長大人雖然知道母親大人跟我住在哪裡，卻從沒想要將我們帶離那個地方。當祖父大人過世後，那段時期他在尤爾諾瓦家中受到孤立，想必感到既寂寞又難過才對。即使想跟我們見面，他依舊忍耐了下來，只是從別館前方經過而已。

那肯定是因為他認為與其待在祖母能觸及的地方，繼續留在別館應該還是比較安全。

當他仍是個孩子的時候，兄長大人最看重的舊一直都不是自己，他盡全力保護著母親大人跟我。當時的他，應該作夢也沒想到公爵夫人的生活費用會遭到貪汙吧。

然而，當他發現我們過著那樣的生活時，兄長大人又是什麼樣的心情呢？

他應該是直到母親大人臨終時才得知這件事情，還被瀕死的母親大人稱以那可以說是虐待我們的共犯的父親之名。裝作父親溫柔地回應她的那個時候，他想必隱忍下了足以撕心裂肺的苦痛吧。

「兄長大人並沒有錯。而且一直以來，你都在保護我跟母親大人。」

「葉卡堤琳娜……」

請別露出那麼痛苦的表情。當時的你，也還不過是個孩子而已。而且還不被允許當個

小孩。

文件的內容還有後續。

原本要支付給領民的災害救助金以及振興資金都被貪汙了。尤爾諾瓦領地雖然占地廣大，但之所以每年都會發生山崩跟暴洪，應該是受到胡亂採伐森林的影響吧。也曾發生礦山坍方的意外。

枯燥無味的一覽表。

但是，究竟有多少人的生活因為記載在這上頭的金額被貪汙掉而遭到破壞呢？究竟有多少即使遇到災害，然而原本還可以重建起來的生活，因為這樣而壓垮了最後一根稻草，迎來破滅的呢……

「葉卡堤琳娜，夠了，妳不用再看下去了。是我不好，我應該先考量過生性溫柔的妳，在看見這份資料後會有多麼心痛。原諒我吧。」

「不，我沒事的。如果是跟兄長大人同樣的重擔，我也願意扛起。」

阿列克謝一臉擔心的樣子，看著儘管眼眶泛淚卻仍然緊握著手中一覽表的妹妹，終究點了點頭。

「好吧……不過關於災害救助金，有一部分在帳面上是用特別資金的名目給付出去了。因為從第三年左右開始，當我去視察災害現場時，就發現有多筆應該已經給付的救助金，卻沒有交到領民手上的狀況。弗利翁跟艾札克叔公大人也有發現，大家都盡可能做出了應對。雖然也是直到我繼承爵位後，才發現規模竟是這麼龐大。」

「原來是這樣，真不愧是兄長大人。」

視察災害現場……第三年的話，應該才十三歲吧？才這個年紀，兄長大人便親自前往那麼危險的地方了嗎？這位散發著貴族風範的兄長大人，竟曾弄得渾身泥濘，用自己的雙腳走過災區啊。

多向兄長大人學著點吧，臭老爸！

而且在沒有財務權限的狀態下要做出應對，想必是困難重重。大家都不知道累積了多大的壓力。

「在繼承爵位之前，兄長大人就已經盡到領主的責任了呢。真是非常了不起。」

萬一兄長大人不是這種簡直作弊等級的優秀領主，都不知道現在尤爾諾瓦的領地會變成什麼樣子了。

不過，即使這麼一大筆金額憑空消失，整體的經濟規模依然沒有受到任何影響就是了。尤爾諾瓦領地的GDP單位，大概不只是億而已吧。不過，當領民的不滿高漲起來，可能會造成治安惡化，衍生出各式各樣的問題。

長達七年的貪汙一覽表終於結束了。看到最後一頁記載的累計總額，葉卡堤琳娜不禁

渾身打起冷顫。

換算成日圓的話——約有三百億。

不是，等一下。這是……怎樣？

這麼龐大的金額到底是誰拿去做什麼用了？不，肯定是臭老太婆在背後下令的。但那傢伙會為了鋪張浪費而貪汙？她都堂堂正正地四處揮霍喔。即使如此，應該也不會花到這個位數才對。

這麼說來，我好像記得上輩子有個患有賭博依存症的老闆，從自己公司挪用了上百億的公款。我家老爸好像一天到晚都在四處玩女人跟賭博，但這傢伙也是太過若無其事地浪費，感覺就不會貪汙。要是賭輸了，全都會自動向公爵宅邸請款，他自己似乎完全沒有付過半毛錢的樣子。

除此之外……若要說起還有什麼可能是限定在這七年當中會有的鉅額金錢流向……會消費鉅額的存在。

無意間，我回想起法國大革命。大家都說是瑪麗・安東妮的奢侈行徑導致法國陷入財政困難，但實際上引發財政危機的原因，其實是軍事費用。說起最吃錢的米蟲，就是軍隊了。

坐擁大騎士團，財政陷入困難的尤爾瑪格那。

兄長大人曾經說過，那段時間瑪格那的格奧爾基曾頻繁來訪……

葉卡堤琳娜抬起頭來。

「兄長大人、欽拜雷大人，請問那位失蹤的財務長，是從哪裡介紹來我們家的呢？」

「並沒有介紹信之類的證據。不過……知道他是從瑪格那來的人。」

葉卡堤琳娜不禁閉上雙眼。

猜對了。

是尤爾瑪格那派來的前任財務長，將尤爾諾瓦的資金流到他們那裡去了。而老太婆容許了這件事情。

臭老太婆……雖然我早就知道她沒有常識或是善惡觀念之類，但讓我們家的資金被別人家大筆大筆地貪汙，未免也太扯了吧！妳這混蛋難道是瘋癲到連這種事有多莫名其妙都不知道嗎！

不對，那個老太婆跟貪汙實在牽扯不上關係。永遠認為自己是最高貴，覺得自己都是對的人，會牽涉到偷偷摸摸地將金錢蠶食鯨吞的貪汙行徑嗎？蔑視處理帳務這種事情，自稱「最上等的貴婦人」跟「貪汙」，總覺得這兩者的形象不太契合……雖然好像有哪裡不太對勁，難道是尤爾瑪格那說得天花亂墜地矇騙過她嗎……？

然而，明明沒有證據卻知道那個人是從瑪格那來的，又是怎麼回事？說是失蹤……不

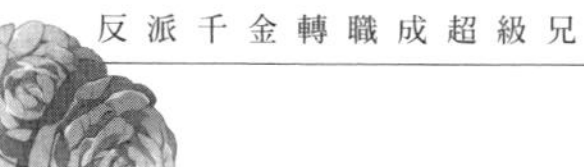

行，不能再想下去了。

「兄長大人……自從你繼承爵位後居住的這個皇都公爵宅邸，已經整治成順應兄長大人的體制了呢。但是接下來要前往的公爵領地本家宅邸之中，現在是不是仍留有那些會做出這種壞事的人的餘黨在呢？」

「妳真是個聰明的孩子。沒錯，有些人雖然沒有發現跟瑪格那有關，卻依舊參與了舞弊的行為。儘管已經排除掉那些主犯人物，但應該還留有一些嘍囉吧。在親族以及領地內的小貴族之中，有很多是只要有機可乘便會想中飽私囊的奸賊。我是為了讓妳明白這一點，才會給妳看這份資料的——不過，我不會讓任何人對妳造成傷害。他們已經很清楚，要是膽敢這麼做會有什麼樣的下場了。」

兄長大人……雖然這樣淺淺微笑的表情也很棒，但我會覺得室內溫度好像下降了，應該不是魔力造成的吧。他整個人都散發出了足以被稱作美麗的冰之魔王那種氛圍。

這麼說來，強行將長年臥病在床的母親大人帶了出來，害她的壽命又更加縮短的那個使者，肯定是臭老太婆的手下。那個男人一定也遭受報應了吧。

究竟是怎樣的報復呢……感覺就跟前任財務長失蹤的事情一樣，我還是不要知道比較好。

「謝謝你告訴我這些事情，兄長大人。身為尤爾諾瓦的女主人，我會格外留心地監督本家宅邸。」

無意間，我腦海中閃過之前仍住在公爵領地本家宅邸時，那些自作主張做的，雖然美麗卻一點也不適合我的禮服。

原來是這麼一回事啊。這讓我莫名想通了。

即使因為怕惹到兄長大人而謹慎地對待我，敵意還是像綿裡針一樣用那種方式展現，真的很像是老太婆的餘黨會做的事。這麼說來，兄長大人在行幸時被皇帝陛下稱讚看起來治理得很順利時，總是一直說仍不盡完善。原來那並非客套話，而是認真這麼說的啊。

畢竟本家宅邸長久以來都是臭老太婆的大本營，所以我也已經做好要跟那些餘黨對決的覺悟了。只是，我從來沒有想像過竟然還有這麼惡質的事情。兄長大人有告訴我這些事，真是太好了。

此外，尤爾瑪格那。

曾幾何時，兄長大人說過「相同階級的貴族之間有著無止盡的爭鬥」之類的話。但是，沒想到對方會用這種方式加害於他人。竟然會貪汙別人家的資金，真虧他們能做出這種荒唐的事情。

我以前便感受得出來兄長大人討厭尤爾瑪格那，現在想想這也是理所當然的。家族之間的爭鬥，大概沒有任何規矩跟仁義可言吧。

即使如此，竟然會做出這種事情，代表他們的財政已經窘迫到不惜涉及犯罪行為了。

不過那個老太婆……真的會容許這種事情嗎？

「葉卡堤琳娜，妳要是不想去本家宅邸，留在皇都也沒關係。只要到郊外的別墅，也是可以避暑吧。」

「不，兄長大人，請讓我同行。對我來說，待在兄長大人身邊才是最放心的。」

雖然不知道沒有點到家政技能的我能不能幫上忙，但我不會讓兄長大人獨自面對。

「……謝謝。妳願意這麼說，我也絕對會保護妳。我既是兄長，是公爵，也是我貴婦人的一把劍。」

啊，如此斷言的兄長大人是多麼凜然。

很好，既然如此。

那就殺進公爵領地的本家宅邸吧——！

雖然那是自己家啦！我只是要回家而已！

「我讓葉卡堤琳娜感到悲傷了。」

妹妹離開辦公室後，阿列克謝承受不住慚愧的心情這麼喃喃自語，握拳打向辦公桌。

「我根本不想讓那孩子看到那種東西。可惡，該死的瑪格那走狗。」

「難得您會說這種無濟於事的話呢。您應該已經判斷過，要是大小姐在一無所知的狀態下進到領地更加危險才對。」

站在阿列克謝身旁的諾華克一臉嚴肅地說。

「是啊，那孩子很聰明。只要她懂，便能避開無謂的危險。若是察覺一些事情，她也會鉅細靡遺地向我報告吧。但是，一看到她的眼淚還是讓我難以忍受。」

「雖然起不了太大的作用，但要不要對尤爾瑪格那稍作施壓呢？欽拜雷卿已經整理出前任財務長讓他們拖延支付的相關款項。只要告訴他們會一口氣將相關人士掃出來，對方應該便能明白我們的意思了。」

「以起步來說這麼做也算穩妥吧。好，雖然這不過是行使正當的權利，但對那些傢伙來說應該很傷才對。用平淡無奇的做法，確實地要他們把錢還來。一旦瑪格那跑去跟陛下抱怨，我們也能瞧不起他們。另外，去向其他家族還有商會之類的，散布瑪格那資金能力出問題的消息。」

螢光藍的眼中綻放出冰冷的光輝，阿列克謝的視線對上了諾華克的雙眼。

「看樣子走狗要出現在人前，可能還需要一段時間吧。」

「情勢看來似乎如此。短時間內應該尚不會現身。」

「哼，在變得不成人形之前早早自招不就得了？做得徹底一點，當時機到來時，讓他們能老實地作證。欽拜雷，依舊追不到金錢流往瑪格那的流向嗎？」

「非常抱歉。推測是中間人的金融業者全遭殺害，建築物也被燒光了……目前尚未找到要如何繼續追蹤下去的辦法。」

阿列克謝投向低頭道歉的欽拜雷的表情，這時也緩和了下來。

「……我知道了。在這之後的追蹤便交給其他人，你回到自己原本該做的業務上吧。抱歉，讓你做了這種不適合的事情，但你已經做得很好了。」

「遵命。」

欽拜雷再次低頭致意。對於阿列克謝慰勞的這番話，他儘管有些驚訝，似乎也覺得感慨。

接著，他摸著收回剛才那份一覽表的包包，感觸良多地說：

「葉卡堤琳娜大小姐真的是位溫柔又聰明的人物呢。在我看來，大小姐似乎看見了資料上羅列出的數字背後，領民們所遭受的苦難。就連專事財務者當中，也有很多人無法做到這一點……儘管是位深閨千金，卻應該有著令人驚豔的資質吧。該怎麼說才好呢，大小姐具備了通人情事理的理智。」

不，深閨千金的內在混了一個身為庶民，還開發過會計系統的奔三社畜就是了。

阿列克謝點了點頭。

「是啊，那孩子既聰明又溫柔。雖然有著強勢的一面，但也非常替弱勢著想……看來我得盡可能珍惜自己才行了。我要是發生了什麼萬一，她便是尤爾諾瓦的女公爵，但有太多不想讓那個溫柔的孩子知道的事情了。」

「為了避免那些萬一，我會盡全力保護閣下。畢竟我都答應大小姐了。」

一邊整理著辦公桌，侍從伊凡語氣開朗地這麼說。

「嗯，也是呢。」

阿列克謝揚起了微笑。

『要是兄長大人事有萬一……』

前幾天，葉卡堤琳娜這麼說著，便止不住眼淚地哭了起來。直到前一刻還展現出令人驚訝的洞察力，讓礦山長艾倫都為之感嘆不已，一擔憂起兄長的事情卻像個幼小的孩子般，這樣的落差更讓人覺得她是如此可愛。

也正是所謂的反差萌。

「雖然大小姐對每個人都很溫柔，但最為仰慕閣下這點實在很可愛呢。」

「伊凡，不要收走那份資料。」

瞪了侍從一眼的諾華克，伸手抽走伊凡正要從桌上收掉的資料。

「啊，不好意思。我以為那是已經解決的部分。」

伊凡臉上雖然掛著一如往常的笑容，但似乎給人一種嘖了一聲的錯覺。

而且，阿列克謝也散發出一樣的感覺。

「閣下，這是要挑選大小姐婚約對象的資料，不可以再往後拖延。」

「……還不用急吧。」

「現在都已經嫌晚了。閣下即使是從學園畢業後才開始找婚約對象，依舊可以從年紀較小的千金當中選擇，所以倒沒有問題。但換作是女性，對象便只有同世代或年紀較長的人而已。若是想替大小姐挑選好一點的對象，只能趁著還在學的時候了。如果您是替大小姐著想，就應該早點應對此事。」

「那個……既然是像大小姐這麼美麗又高貴的人物，即使身有婚約，男人應該任誰都會為之痴迷吧。所以，即使不用急著現在……」

諾華克朝著插嘴這個話題的礦山長艾倫瞪了一眼。

「怎能讓那種不老實的男人靠近大小姐？」

「……不好意思，您說得沒錯。」

艾倫垂頭喪氣地退了回去。

見阿列克謝還是提不起勁的樣子，諾華克繼續說道：

「一如方才閣下所言，以閣下沒有妻小的現狀來說，大小姐就是尤爾諾瓦的繼承人了。即使大小姐結婚了，視狀況而定，她有可能依然還是繼承人。若是跟個拙劣的對象訂下婚約進而結婚，難保尤爾諾瓦不會遭受比亞歷山大公時代更嚴重的災厄。大小姐的婚約，對本家來說是一項重大的問題，閣下心裡應該也很明白才對。再加上大小姐的才智。要是嫁到其他有力的人家，便等於是將那份才智交到他人手上，未免太過惋惜。不是皇室，便是分家。我認為就只有這兩種選擇而已。」

說完這番重話，諾華克也嘆了一口氣。

「身為皇國臣民，可以的話我也希望大小姐能夠進入皇室。真的還有哪一位千金，能比大小姐更適合成為終將是國民之母的皇后嗎？而且要是大小姐願意嫁去皇室，未來虹石魔法陣發展到開發及實用化的階段時，一定能成為我尤爾諾瓦最強力的後盾吧。」

他這麼說的語氣既真誠又滿腔熱情。不過，諾華克自己也搖了搖頭。

「然而大小姐本人既然說唯獨不想嫁入皇室，閣下也同意，那就沒辦法了。看是要選擇嫁入哪一個分家，或是招個有前途的夫婿並另立分家。如此一來，大小姐往後也能待在閣下身邊輔佐您了。」

「……也是呢。」

出現可以不用放開妹妹的選項後，阿列克謝終於點頭了。

「但分家有足以交付那孩子的人才嗎——如果安德烈還單身，也不是不能考慮呢。」

這句話的後半段，阿列克謝難得用揶揄的聲音這麼說。安德烈是諾華克的兒子。他似乎跟年輕時候的諾華克很像，眼神銳利、表情凶狠，但長相非常俊俏，文武雙全，而且承襲自母親的魔力也很強大。不過他已有妻小。

「犬子並不在選項當中。如果分家不行，就是要另立分家並招贅夫婿進來了。」

選項乾脆地從現有的分家當中抽離，應該是因為即使以諾華克看來，也沒有合適的對象吧。

「招贅啊……」

阿列克謝的眼神一瞥，看向艾倫及商業流通長哈利洛。除了這兩個人以外，在幹部當中既是年輕人又是單身的，還有法律顧問丹尼爾，不過丹尼爾是長男，不可能讓人招贅。

艾倫那張很有學者風範的臉蛋整個漲紅了起來。在這三個人當中，可能性最高的便是他了吧。他的老家卡爾是伯爵家，既富裕又有權。而且他是五男，即使要入贅也沒問題。更何況他具備強大的土屬性魔力。個性理智，也稱得上是面目清秀。

到了這個年紀仍單身的原因，是他從魔法學園畢業後就到大學專攻礦物學，因此認識了艾札克・尤爾諾瓦博士並對他極為感佩，一直跟著他進行田野調查，走著走著便完全錯過適婚期的樣子，並非抱有什麼問題。

不過，他的年紀是三十一歲，是葉卡堤琳娜的一倍以上。

哈利洛也三十三歲了，而且一眼便能看出是國外出身。

然而他是經濟能力遠勝於那些小國家的大商會宗主之子，有著吸引女性目光的異國容貌，能力也是無可挑剔。如果立他為分家的女婿，並非完全沒有機會。

但是，無論如何，阿列克謝都只會賭氣著撇開臉而已。即使內心有著一番美夢，兩人也都露出了苦笑。

諾華克無奈地揉了揉太陽穴。

「如果分家也覺得不中意，便找其他家族的人選吧。說起配得上本家的家世，而且年紀又跟大小姐相近的公子，首先就是尤爾瑪格那的弗拉迪米爾大人了。」

「說什麼蠢話！」

阿列克謝忍不住伸出手掌拍向辦公桌。

「不管說幾次都絕對不可能！三大公爵家之間有著不建議聯姻的不成文規定，更何況瑪格那對待女性豈止過分而已。我怎麼可能會將葉卡堤琳娜送去那種地方！」

跟皇室之間有著複雜血緣關係的三大公爵家，該避免聯姻，這確實是一直以來大家都在遵守的不成文規定。實際上也是皇室為了不讓公爵家之間聯繫起太過緊密的關係而做的

一種牽制。

「無論不成文的規定，還是他們對待女性的態度在下都明白。應該是十六七年前了吧，當現在的繼承法要將女性繼承權明文化時，反對到最後一刻的也是尤爾瑪格那。那時才剛替換到格奧爾基公這一代呢。」

那時的皇太子及皇太子妃，以及身為宰相的祖父謝爾蓋都紛紛遊說。但格奧爾基跟他那一派的人依然秉持徹底的反抗。

古代亞斯特拉帝國當中，女性並沒有繼承權。我們不該有反古代的睿智。這正是他們的論調。

「就在這個時候，弗拉迪米爾大人出生了，格奧爾基公便誇大其辭地說只要男人努力點，便能生出兒子來。這件事令我印象深刻。」

要是葉卡提琳娜聽到了，應該會立刻在腦內召喚某位格鬥家吧。

「蠢斃了。」

「確實。」

「弗拉迪米爾以前說過，他的母親甚至不被允許讀任何一本亞斯特拉語的書籍。他還一臉悲傷地說『幸好我不是女生』。」

無意間浮現的回憶，當阿列克謝甩了甩頭，便拋諸腦後了。他看向諾華克。

「思維落伍的瑪格那，放著不管總有一天也會垮台。難道你的意思是要我給他們致命一擊，並獻給葉卡堤琳娜嗎？」

「閣下應該也有要跟他們一決勝負的念頭吧。不想當皇后的話，便是公爵夫人。讓大小姐以實質上的女公爵，以女王之姿降臨尤爾瑪格那領地。若是閣下跟大小姐兄妹倆都能肩負公爵之位並列，對尤爾諾瓦來說就是歷史性的勝利了吧。嫁到分家頂多只是伯爵，這樣才正是配得上大小姐的地位。」

「……哼。」

阿列克謝會在轉瞬間受到這個提議吸引，是因為妹妹若能君臨害母親及妹妹受到那麼多苦難的尤爾瑪格那，可正是最完美的報復了吧。但他依舊立刻搖了搖頭。

「別說這種不是出自真心的話了。即使表面上是要拯救破產的尤爾瑪格那，陛下也不會容許尤爾諾瓦的勢力擴張到那種程度。說穿了，就算地位配得上那孩子，但距離幸福太過遙遠了。我更不打算讓她身處那種四周全是敵人的危險立場之中。而且……」

「而且？」

「……尤爾瑪格那的領地太遠了。」

於是諾華克又嘆了一口氣。

尤爾諾瓦領地距離皇都很遠。

搭乘馬車的話，單程就要花上兩週的樣子。也就是說，來回便要一個月。

光是去程跟回程，就要浪費掉大半個暑假。

那還真是不要回去比較好呢。

但所幸仍有其他更快速的交通方式，那就是搭船。

沿著貫穿皇都的大河塞諾河逆流而上，便能駛入支流，並一路抵達領地。順帶一提，尤爾諾瓦領地的木材等，似乎都是沿著這個路線，反向運送到皇都。江戶時代的日本以及歐洲各國也都是如此，不，甚至可說大河的河畔便會有文明興盛起來幾乎已成定律，可見河流是物流及交通的大動脈。

即使如此，路途終究還是要逆流而上，搭的也是帆船，所以不可能開出上輩子附有引擎的船那樣的速度。一般來說，也要花上好幾天的時間。

但在皇國，有一種遠比普通帆船更加快上許多的特別船隻。

高速船拉比杜斯。

船員全都有著水或風的魔力，據說是一群具備可以讓船高速行駛的專業技術的專家。皇國有幾艘這樣的高速船，但似乎都有各自負責的流域，尤爾諾瓦公爵家利用的總是這艘拉比杜斯。

原來如此，以魔力的有效活用法來說，還有這種和平利用的方式。話雖如此，利用魔力讓船快速航行的技術，好像也是在皇國海軍當中培育出來的。

就像那個啦，上輩子的掃地機器人，那也是軍事技術的一種運用。看來即使世界不同，優秀的技術總是會先在軍事方面被研究出來這點，也同樣是出自人性吧。

看著那艘停靠在河岸停船場，看起來速度就很快，外形也很俐落的船體，聯想到的卻是又圓又扁還會被貓拿來乘坐的掃地機器人，讓葉卡堤琳娜總覺得有點對不起它。

「葉卡堤琳娜，妳怕搭船嗎？」

替葉卡堤琳娜護行的阿列克謝，向盯著快速船的妹妹問道。發現被他誤會了，葉卡堤琳娜連忙否定。

「不是的，兄長大人。我來皇都時也曾搭過一次，那時既不會暈船，搭起來還非常舒適。而且也有兄長大人相伴，便沒有任何令我害怕的事情了。」

「這樣啊。但在抵達領地之前，預計要在船上度過三天，妳如果身體有覺得不舒服的地方就要立刻講。我們可以想辦法換成其他交通手段。」

「好的，兄長大人。我會照做的。」

兄長大人那雙螢光藍的眼睛今天也很溫柔。而且依然如此妹控呢，感激不盡。

說是其他交通手段，但應該沒有比快速船更好的辦法才對。

既然身為公爵的兄長大人要返回領地，以諾華克先生及艾倫先生等幹部們為首，以及像是伊凡及米娜他們照顧生活起居的侍從們，總之會有一大批人同行。何況還要加上諾華克先生他們的侍從。可以讓所有人都一起行動，正是快速船的一大優點。而且在路途上還能處理一定程度的公務。雖然為了避免過勞死旗標，我很希望他能休息就是了。

以安全層面來說，到了皇國的外縣市，也是有些治安比較亂的地方，但多數船員都是海軍出身，再加上所有人都具備魔力，也不會有賊人混進來。

他們會讓這艘船毫無間斷地沿著塞諾河逆流而上，帶著我們一行人到會抵達尤爾諾瓦公爵領地的支流為止。以三班輪流的方式二十四小時航行這點安排，真不愧是海軍。

倘若氣候都很穩定，本來搭馬車的話需要花上兩星期的旅途，即使加上下船後到公爵領地本家宅邸的時間，也只要五六天左右，還不到原本的一半。

而且足以讓身為公爵的兄長大人使用的規格及設備也都一應俱全。為了達到輕量化，內部裝潢雖然簡潔，卻也設計得很高雅。艙房的舒適程度不會比專門接待貴族的飯店差，而且食物都滿好吃的。

畢竟打造這艘船原本的目的便是用來當皇帝陛下要出遠門時搭乘的御用船。雖然很敬佩允許出租這種船隻的皇室的機動力，但促成這件事的是謝爾蓋祖父大人，所以很難說。

租金想必滿高的，但其優點多到即使付出這筆錢也不覺得可惜。況且只要想到所有人在兩星期當中花費在交通及住宿等費用，說不定還稱得上划算。

這麼令人感激的交通方式，要是只因為我一點不舒服就整個取消，那還得了？

不行，怎能讓人做出這麼浪費的事？我還是多加小心一點，絕對不讓自己不舒服。賭上兄控之名，我不會讓兄長大人傷腦筋！

乘著葉卡堤琳娜的決心，快速船拉比杜斯出發了。

今天是個大晴天。在夏季的藍天底下，船隻順利地前行。不愧對快速船之名，真的比在大河上往來的任何船隻都還要更快。

站在甲板上，河川捎來的風讓髮絲飄逸起來，葉卡堤琳娜抬頭仰望著湛藍的晴空。這麼說來，這是皇子的頭髮及眼睛的顏色。那夏季的色彩既明亮又深沉得徹底，遙遠到無盡無邊的感覺，不知為何教人感到悲傷了起來。

「葉卡堤琳娜，這裡很熱吧。進去艙房裡比較好。」

「水面捎來的風很涼，感覺滿舒服的。」

說穿了，比起上輩子記憶中夏天悶熱的日本，皇國的夏天感覺舒適多了。

即使如此，在這輩子的記憶中來說，夏天時皇都確實比公爵領地還要熱。而且一旦我來到甲板，米娜就要在旁邊替我撐起陽傘，總覺得也對很對不起她。

「不過，既然兄長大人會擔心，我便這麼做吧。」

「乖孩子。」

阿列克謝莞爾一笑，牽起了妹妹的手。

於是在晚餐時間之前，我便與阿列克謝一起在艙房裡度過。

伊凡替我們沖了水果茶。加入柑橘類的水果，沖成清爽的茶。這時阿列克謝將手伸了過去，用冰的魔力將茶冰成冷飲。

「謝謝你，兄長大人。這樣變得更加美味了。」

「看妳這麼開心，也會讓我覺得自己的魔力屬性其實還不錯。」

……是不是因為臭老太婆跟臭老爸都是冰屬性的，令他感到很複雜呢？

不行，看在奔三女眼中，害我都想摸摸兄長大人的頭了。

「皇都很遼闊呢。就連這麼快的船，到現在似乎都尚未出皇都的樣子。」

「是啊，皇都不斷沿著塞諾河擴張。但這附近嚴格來說已經不是皇都，只是流入的難民們居住下來的地區。」

聽阿列克謝這麼說，我透過船內窗戶再看一次沿途林立的住家，確實都比剛出發時看見的那些還要小得多，感覺也更破舊不堪。

「……這裡是不是也有無法在尤爾諾瓦領地生活下去的領民呢？」

那些遭受災害，但原本應該要領到的補助金卻遭到貪汙，無法繼續生活下去的人們。

「可能有吧。但故鄉復興後，那些人應該也會回來。」

「說得也是呢，一定會回來的。我也會盡自己微薄之力，讓他們能夠回到故鄉。」

如果已經在其他地方立下生活基礎倒是沒關係，但要是現在也過著貧苦的生活，只要讓他們覺得回到故鄉感覺還比較有希望，就一定會回來。

「……妳是這麼地溫柔。」

阿列克謝淺淺嘆了一口氣。

「但這世上貪婪的人太多了。像是那些儘管已經很富裕，卻仍要恬不知恥地從不知道明天該怎麼活下去的人手中盜取的傢伙。」

「而兄長大人一直以來都在對抗這些人呢。真的非常了不起。」

才剛十八歲而已，就已經這麼有威嚴，可見他就是見過那麼多大風大浪。

以前兄長大人在跟學園長交涉時，會讓我覺得怎麼看都像個說起話來比較客氣的上司，應該就是因為他累積了甚至連學園長都無法比擬的經驗值所致吧。

阿列克謝露出微笑。

「一旦回到公爵領地，妳便是那個地方的女王了，任誰都不准忤逆妳。妳只要照著自己所想，喜歡怎麼做就去做吧。」

「兄長大人才是宗主。我這個妹妹是侍奉兄長大人的人。」

「沒錯，我是宗主。而我既是宗主，也是侍奉妳的下僕啊，我最愛的女王葉卡堤琳娜。」

阿列克謝這麼說著，牽起葉卡堤琳娜的手，並在指尖上留下一吻。

葉卡堤琳娜在內心不斷尖聲驚呼。什麼下僕啊兄長大人！這個詞聽起來的那種禁忌感是怎麼回事！

呃，不要會錯意了，我這個白痴！

「我還只是個學生，自從繼承公爵爵位後，這是我第一次正式在領地度過一段時間。應該也有很多人看我是個年輕人就瞧不起，但我唯獨不允許有人對妳做出無禮的事情。我發誓。」

喔，原來如此。

葉卡提琳娜笑咪咪地對兄長淺淺一笑。

「也就是說，可以透過公爵領地的人們對待我的態度，來衡量他們對兄長大人的忠誠呢。能為兄長大人助一臂之力真是太好了。兄長大人，在船上的這段時間，請跟我說些公爵領地的事情吧。像是分家那些人，還有在家裡侍奉我們家的人們。我絕對不允許有人瞧不起兄長大人。」

我的兄控之心絕不輕饒！

雖然葉卡提琳娜在內心如此激昂，阿列克謝卻只是面露莞爾的神情。

「謝謝妳，葉卡提琳娜，妳有這份心才是最讓我高興的事。但拜託妳不要去靠近那些人。妳溫柔的氣質，還有妳的聰慧，應該要用在其他人身上才對。」

兄長大人也真是的，有夠妹控。

……不，等等喔。這意思不就是被屏除在戰力之外了？

重新審視了自己後，我也開始懷疑自己有沒有辦法在貴族權力鬥爭之中成為戰力。

我心情上確實無法原諒與兄長大人敵對的反抗勢力，但要說到我能不能好好應付那些人……上輩子作為上班族時，我幾乎沒在管公司內部的派閥之類，只顧著在第一線埋頭工作工作再工作呢。對升官之類實在沒什麼興趣……

說不定這件事對我來說的經驗值不但比管理家政更低，還更難以適應？

但、但既然是為了兄長大人，我也只能努力了！

「兄長大人，我會幫上忙的。請給我一個任務吧。」

「葉卡堤琳娜。」

阿列克謝用雙手包覆住妹妹的手。

「沒有任何人比妳更能帶給我力量了。妳只要做妳自己就好。坐擁明月星辰，我溫柔的黑夜女王。妳只要待在那裡，便足以帶給我任何人都比不上的平靜與喜悅。我知道妳有多聰明，肯定會成為我的助力。但是……妳就儘管取笑男人的愚蠢吧。我就是想保護妳。身為獻劍給妳的一個騎士，希望我的貴婦人能無憂無慮地度日。一想到妳能夠放心地嫣然笑著，我便覺得很幸福了。我親愛的葉卡堤琳娜……拜託妳了，可以給予我這份幸福嗎？」

「兄長大人……」

揪心～～～

我死了！

心臟揪到幾乎危及性命，也看見忘川河跟一整片花海！

這正是所謂的揪心死啊。

「只要兄長大人這麼希望，無論任何事情，我都會照你所說的去做。」

「謝謝妳，葉卡堤琳娜。能保護妳是我的幸福。」

順利結束為期三天的船旅，向這一路對一行人照顧有加的船長以及船員們道謝後，葉卡堤琳娜跟阿列克謝一起下了船。

這裡已經是尤爾諾瓦公爵領地了。畢竟北上了這麼一段路程，總覺得這裡拂來的風比皇都涼快。在支流的兩岸邊林立的建築物看起來也跟皇都不一樣，外觀多是使用木材及磚塊，有種上輩子的瑞士或北歐的氛圍。

以上輩子的記憶來說，是令人感受到異國情調的風景。

但是，同時也覺得很懷念。

雖然一直都在公爵領地的別館中，過著稱不上幸福的生活。但這陣清風、天空的顏色，就連四周山嶺的青綠，身體都覺得相當熟悉。自從回想起上輩子記憶後的第一次返鄉，儘管感到有些不可思議，但無論如何，這裡都是這輩子的故鄉。

啊！這不就是上輩子跟這輩子感覺錯亂的危險訊號？我得小心一點，不要像入學典禮之後那樣，因為閉鎖機制啟動而倒下！

「葉卡堤琳娜，妳沒事吧？」

阿列克謝輕輕牽過了葉卡堤琳娜的手，她這才回過神來。

「我沒事的，兄長大人。只是風的氣味很令人懷念，我才會不禁發呆了。」

「這樣啊。」

阿列克謝溫柔地摸了摸妹妹的頭髮。

「從這裡搭乘馬車要花上整整一天的時間，才會抵達領都，我們途中會住個一宿再慢慢前進。但妳如果覺得不舒服就要立刻告訴我。」

「好的，那個，兄長大人……可以請你握住我的手嗎？」

上輩子跟這輩子的共通點，便是對兄長大人的愛！

所以只要緊緊黏著兄長大人，一心專注地想著如何幫忙兄長大人，並如何折斷兄長大人的過勞死旗標，閉鎖機制應該就不會啟動才對。

阿列克謝的嘴角淺淺勾起微笑。

接著以雙手包覆住妹妹纖細的手。

「我不會再讓妳留下心酸的回憶。我會保護妳的一切。」

「兄長大人……」

啊！兄長大人，不是這樣的，我並非回想起軟禁時的心理陰影。不好意思，我是個有著上輩子，以及閉鎖機制之類的麻煩妹妹，真是不好意思。

「只要像這樣，我就不會感到害怕了。雖然是這樣的無力之身，但我也是想保護兄長大人，不再讓你留下痛苦的回憶喔。」

「謝謝妳，妳真是個溫柔的孩子。」

阿列克謝笑著說。

接著他便抬起頭來，朝著葉卡堤琳娜身後說道：

「看來你們的工作減少了呢，我的騎士們。」

「大小姐還是沒變呢。您溫柔的身影，有時看起來也相當勇敢。」

這聲低沉的嗓音做出回應。

「咦？」葉卡堤琳娜回頭一看，並睜圓了雙眼。

「羅森卿！」

頭髮跟鬍子都是鐵灰色的帥大叔，尤爾諾瓦騎士團長羅森，率領著整齊列隊的一團騎士們就站在眼前。

走過來的羅森站到阿列克謝及葉卡堤琳娜面前，挺直了背脊，隨即將拳頭抵上胸口行了一禮。

跟接待皇室一家行幸那時不同，他和騎士們身上穿的都不是禮裝，而是平常的裝備。跟禮裝迥異，褪色又傷痕累累的裝備，可以看出他們各個都身經百戰。

「閣下、大小姐，恭祝兩位平安歸來。」

「出迎辛苦矣。」

阿列克謝簡短地回應他。

真不愧是兄長大人，不但能若無其事地說出這麼古風的一句話，還講得有模有樣。

「我等主人、我等貴婦人。我等騎士團會護送兩位到尤爾諾瓦城。」

伴隨著羅森這番話，騎士們整齊劃一地握拳抵在胸口，低頭致意。動作不但很有秩序，也相當俐落漂亮。

在騎士們的另一邊，以描繪著公爵家家徽的華麗馬車為首，後頭還連帶著好幾輛馬車。這肯定是從本家宅邸前來迎接的陣仗。

發現還有一團騎士們環繞著那些馬車，讓葉卡堤琳娜驚訝不已。他們一樣身穿平時的裝備，高舉著尤爾諾瓦騎士團的團旗以及公爵家的家徽旗。旗手共有四名，兩名站在馬車列隊的最前方，另外兩名則是在最後壓尾，應該是讓團旗與家徽旗並列吧。

騎士人數這麼多。

雖然不知道要有多少人警備才算適當，但憑感覺看來，以單純的警備來講也太多人了。即使尤爾諾瓦領地會出現許多高強魔獸，也不至於需要這個陣仗。

才剛繼承爵位的年輕公爵。應該也預想到領地內有危險分子橫行，可能會遭受激烈的反抗。

如此一想，這肯定是騎士團的一場示威行動，以表明尤爾諾瓦騎士團是支持新公爵阿列克謝的立場。這正是所謂旗幟鮮明之舉。

有著公爵領地中具備最大軍事力量的騎士團全面性支持，想必是阿列克謝的一大強項。

另外，尤爾諾瓦城指的是公爵領地本家宅邸。平常為了跟皇都公爵宅邸做出區別，所以稱為公爵領地本家宅邸，但在領地通常都是稱作尤爾諾瓦城。四百年前在建國初期是一座軍事據點的要塞，但在皇國局勢安定下來，城堡周遭也發展成領都的現在，便改建成豪奢的大宅邸（應該說根本就是宮殿了）。即使如此，尤其是騎士團，依舊習慣稱之城堡吧。

嗯，真不愧是兄長大人。

在臭老爸四處玩樂之際，伴隨騎士團四處討伐危險的魔獸，或是趕赴災區救助也不惜弄得渾身泥濘的人，正是仍留有一點稚氣的兄長大人。這並非祖父大人留下來的遺產，而是兄長大人自己建立起來，絕對不會動搖的羈絆。

才十八歲就掌握了領地內最重要的勢力，真的很厲害。

而且仔細想想，這也正是因為我們的騎士團是個守其本分的存在，一直以來都是為了保護人民不受魔獸及災害侵擾的組織吧。在其他地方，有的騎士團只是空有其名，或者只保護領主及貴族，甚至還變成會對領民施虐的存在。這再次令人感激不盡。

葉卡堤琳娜帶著感謝的心情，向羅森及騎士們投以微笑。

「真是可靠。只要有我等高潔又高強的騎士團相伴，想必就連伏魔殿也不足為懼吧。這樣便能安心回家了呢。」

羅森的嘴角浮現了笑意。看來想說的話似乎有傳達出去了。

「領民們都心懷期待地在等候閣下及大小姐的歸還。大家拜見兩位的身影時，想必都會相當欣喜。」

領民們也都支持兄長大人啊。想想兄長大人至今做的這些事情，雖可說是理所當然，但肯定是諾華克先生跟各位幹部們，一直以來都透過各種機會告訴領民們，實際負責公爵工作的是兄長大人這件事吧。要是沒有說出去，也不會有人知道實際上有在做哪些事情。

阿列克謝微微一笑，並牽起妹妹的手。

「那我們回去吧，回到妳的城堡。」

「兄長大人，你才是宗主，也才是城主呀。」

「我曾說過自己是妳的下僕吧。」

被兄長牽著手走向馬車的葉卡堤琳娜暗忖著。

……兄長大人，下僕這個詞還是有種很見不得人的感覺，所以請不要在大庭廣眾之下說出來。

但兄長大人是個妹控，那也沒轍吧。

大批騎士守護之下前進的馬車列隊，在前頭跟殿後的地方都各有兩位旗手並列高舉著公爵家的家徽旗跟騎士團的團旗，因此整個陣仗看起來簡直就跟遊行一樣華美又引人注目。

馬車走在通往公爵領地本家宅邸，也就是尤爾諾瓦城的石板路上。自從古代亞斯特拉帝國就整頓起來的街道，直到歷經千年的現在，原在帝國版圖內的每個國家都仍持續沿用著。

以這點來說，亞斯特拉帝國也跟上輩子的羅馬帝國十分相像。

途經街道沿線上的各個村莊時，村民們都會特地走出家門，朝著一行人揮手並揚起歡呼。這讓人實際感受到領民們對阿列克謝的支持，葉卡堤琳娜也覺得很開心。

小孩子們，尤其是男孩子們的目標似乎是騎士們，只見他們一臉憧憬的樣子，放亮著雙眼抬頭看著。也有孩子小跑步地追過來好一陣子，對他們來說騎士確實是英雄。

一旦跟村民或是孩子們對上眼，葉卡堤琳娜便會帶著微笑朝他們揮手。上輩子的庶民

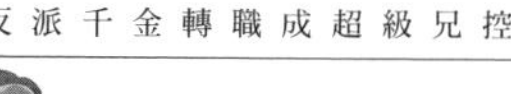

觀感不禁產生「我現在是什麼藝人嗎」這種自以為是的想法。但只要想著希望多少能提升一點領民們對兄長的好感度，便能挖個洞將那種自以為是的心情埋起來了。

阿列克謝反而是苦笑著一直說不擅長做這種事情，堅決不看向馬車之外。

既然如此，我就要連同兄長大人的份一起努力！這麼想著，葉卡堤琳娜更是拚命地朝人們親切招呼。

……雖然也有點擔心反派千金是不是有必要親切啦。

「兄長大人，孩子們都好可愛呢。像那個孩子穿戴上那樣的裝備，一定是想扮騎士。」

聽葉卡堤琳娜這麼說，阿列克謝也跟著看向窗外，見到揹著鍋子，手拿木枝揮來揮去的小孩子，也不禁莞爾。

陪在那個小孩子身邊的年輕母親，一見到年輕公爵對自己投以微笑（誤會），一張臉也紅了起來。

「多虧有妳，真是幫了我大忙。」

阿列克謝感慨地這麼說，讓葉卡堤琳娜立刻得意洋洋了起來。

兄長大人說我幫上忙了——！

「能助兄長大人一臂之力，真的讓我相當開心。但是，領民們會像這樣前來迎接我們，也是多虧兄長大人至今做的那些領政。就讓那些小看兄長大人的人，見識一下領民們是多麼支持兄長大人的吧。」

「妳真是個聰明的孩子。」

阿列克謝揚起微笑。

這個引人注目的馬車陣仗之所以會以途中還安排住上一宿的緩慢步調前進，帶出領民們的反應也是目的之一。如此一來，能向領地內的小貴族們展現出騎士團跟領民們都是支持阿列克謝的意向。

與其說是阿列克謝本人的想法，應該是諾華克跟羅森他們幾個老練的幹部們策劃的吧。還有即使毋需多言也能理解其意圖，並在兄長不擅長的地方給予支援的葉卡堤琳娜，應該也都在他們的計畫之中才對。

「妳如果覺得累便不要勉強自己了。我不想讓妳背負什麼職責，妳只要好好享受這趟旅程就夠了。」

「我覺得很有趣呀。這還是我第一次能像這樣看見領民的生活狀況。」

從被軟禁的別館看過去，就連一個村莊也見不到。能望見的只有森林裡隨著四季流轉而變色的林木而已。現在總算可以親眼看到那片森林的另一端了。

不，在從公爵領地前往皇都的路上，應該也曾見過這樣的景色。但葉卡堤琳娜那時心

不在焉的，只是為了從兄長大人身上別開視線，才會望向窗外而已。

回想起上輩子記憶的現在，看到村民們的住家及服裝等，果然還是很像瑞士或北歐那樣的風格，總覺得很有趣。住家基本上都是木造，牆壁也是漆成白色，服裝則有著鮮豔的色彩以及刺繡，整體的氛圍讓人聯想到阿爾卑斯山的少女這部動畫。

這麼說來，畜牧業好像也滿興盛的，時不時都可以看見牛跟山羊。不但有豬，還有雞在四處晃來晃去。

扮成騎士的那個男生似乎是想把山羊當馬騎，爬了上去，結果立刻就被甩下來了。模樣雖然可愛，但這樣很危險，所以不可以這樣做。而且山羊看起來也很傷腦筋的樣子，放過牠吧。但這肯定是住在這附近的男生常有的事。

「看起來雖然既和平又快樂，但人民的生活很脆弱呢。像是久旱不雨、冷夏、霖雨或是有魔獸出現等各式各樣的狀況，都會輕易崩壞這樣的日常……實際上像這樣看見領地的人們，就更能感受到在辦公室聽各位討論的事情，以及在文件上看到那些字句背後的意義。」

「是啊，諾華克也常跟我說應該要去現場看看……看來即使沒有人提點，妳也能明白呢。」

不好意思，這是因為我有著上輩子的知識。即使身為系統設計，實際了解現場業務狀況也是很重要的一環……總覺得好像作弊一樣，真是非常抱歉。

向阿列克謝一問，他便流暢說出這個村莊的名稱、主要產物以及人口構成，甚至還說了這裡簡略的歷史。

說到最後他笑著補上一句，會這麼開心地聽這些事情的千金也只有妳了。

這一天，很快就抵達到了要留宿的城鎮。

我們要住的地方不是旅館，而是統轄這一帶的小領主的宅邸。中年小領主的一張圓臉上浮現溫和的笑容，誠心迎接這了對年輕的公爵兄妹。

他是曾為祖父謝爾蓋侍從的人物，每當阿列克謝需要在這附近留宿時，似乎都會受到他的照顧。

聽說了可以安心在這裡放鬆一下，葉卡堤琳娜便被帶到一間雖然沒有特別寬敞，但待起來很舒適的房間休息。先是欽佩著床單上漂亮的刺繡，又享受著領主妻子泡的，風味有些獨特的香草茶，度過了一段時間。

葉卡堤琳娜發現窗外有些城鎮上的人們紛紛聚集過來，便打開窗戶並露出滿臉笑容揮了揮手，四周立刻揚起歡聲雷動。

自以為是皇室成員喔。好害羞喔～

皇子自從出生之際，就一直是處在這樣的環境下啊，真辛苦呢。下次見面時，再慰勞他一下好了。

啊，但那是要請芙蘿拉去慰勞他呢。反派千金不能做這種事！如果因此豎起毀滅旗標該如何是好！

就這樣，不知道在我打開第幾次窗戶，想著太陽也開始西沉，人數卻好像仍在增加，並探出身子一看究竟時——

「葉卡提琳娜。」

「兄長大人！」

來到房間的阿列克謝這麼一喚，葉卡提琳娜也睜圓了雙眼。

「妳累了吧，別太勉強自己了。我真不該這樣依賴身體柔弱的妳。」

「兄長大人，我是真的覺得很開心。畢竟大家都那麼歡迎我。」

「是啊。妳這麼美，大家會開心也是理所當然的。」

「哎呀，兄長大人也真是的。」

今天的妹控濾鏡也是開好開滿呢！

「兄長大人才是，明明不太喜歡這樣的事情，就不要太勉強自己了。」

「也是，畢竟我的個性不受人喜愛，而且也不會擠出笑容。仔細想想，自己應該只是不知道光靠表面上的親切得到的好感有什麼意義，才會產生這樣的反抗吧。」

反抗的對象是明明都沒在工作，就只有表面上待人親切又處世圓滑的臭老爸吧。會這樣反抗也是理所當然的。

「但是今天，我再次體認到了——只要有妳在身邊，即使是我也能輕易地面露笑容。」

「兄長大人……」

阿列克謝溫柔地淺淺一笑，便將妹妹的肩膀抱了過來，這時城鎮上的人們揚起了今天最大的歡呼。總覺得是一片尖叫。

兄妹倆靠在一起揮手一陣子後，阿列克謝用響亮的聲音對大家說：

「各位，謝謝你們。今天受到大家的歡迎，讓我感到很開心。天要黑了，趕緊回去吃飯吧……我們也要去用餐了。」

說完窗戶也跟著關上，但在最後的瞬間，有某個領民用特別高亢的聲音大喊出的話語響徹雲霄。

「祝兩位幸福！」

隔天，尤爾諾瓦公爵一行人比原定計畫還要早就從小領主的宅邸出發了。

小領主的城鎮距離領都已經很近了，所以原本計畫的出發時間也比較晚，但從今天早上開始便陸陸續續有領民們聚集到小領主的宅邸周遭。還以為是發生了什麼事，不過那些人似乎只是想見公爵兄妹一眼而已。由於四周環繞的人數超乎想像，擔心馬車會難以行進，才會決定提早出發。

（是……是不是有點做過頭了？）

葉卡堤琳娜不禁在內心流下冷汗。沒想到只是揮揮手，竟然會演變成這樣的事態。

儘管昨天才沐浴在很明顯誤會兩人是新婚夫妻的歡聲之中，卻還以為只是揮揮手而已，或許也是在戀愛方面的遺憾思考透過微妙的方式做出的應用。就像老實不一定是種美德一樣，應用也未必一定是件好事，說不定這正是個很好的例子。

況且阿列克謝應該也沒有理解那道誤會的歡呼，還以為那不過是在祝福成為新公爵的自己，以及重返公爵千金立場的妹妹。看來兄妹倆在奇怪的地方相當相像。

騎士團長羅森這時帶著從容的微笑，對葉卡堤琳娜點頭致意。

「大小姐，請別擔心。我等騎士團一定會保護兩位。而且領民們都是打從心底仰慕格下與大小姐。剩下的旅程，也請跟昨天一樣投以落落大方的微笑，想必大家也會感激大小姐的溫柔吧。還請在領民們的歡聲之中，踏入尤爾諾瓦城。」

……總覺得羅森先生好像有種豁出去的氣勢。

雖然搞不太懂，但在出發前諾華克先生也散發出這種感覺耶。不過，大家都這麼歡騰，也不是壞事。

好，今天也要為了兄長大人而努力！

就是這樣，葉卡堤琳娜今天也帶著微笑向民眾揮著手。

感到有點意外的是，表情不但絲毫不覺得僵硬，還覺得很開心。這應該是因為聚集過來的每個人，都對我們露出欣喜的笑容吧。要以笑容回應笑容就很簡單了。

而且以個性有些冷漠的阿列克謝來說，倒也還滿樂在其中的。這應該都是多虧了葉卡堤琳娜一旦在人群中發現令人在意的人物，便會跟阿列克謝分享，並努力讓他覺得有趣吧。

但比起這樣的努力，只要妹妹覺得高興，就會讓阿列克謝跟著感到開心。

離開小領主的城鎮後，除了幾座村莊之外，便只剩下通往領都的古代亞斯特拉帝國的街道。

接近村莊時，只見人們都已經在路邊等著迎接，令人驚訝。這個世界明明沒有電話也沒有電子郵件，似乎完全是靠謠言傳遞的樣子。口耳相傳的傳播力太厲害了。

不久後，在街道前方便能看見領都的街景。

尤爾諾瓦公爵領的領都被稱為北都。不只是在公爵領地內，即使加入其他領地一起比較，這裡仍是皇國北方最大的都市。感覺就像東京之於札幌的相對位置吧。

雖然規模不比皇都，但在這個世界也稱得上是數一數二的大都市。而且不但有著跟皇都相近的氛圍，也兼具風情不同於皇都的美。

這個北都是尤爾諾瓦公爵家的城下轄鎮。

包含皇都在內，皇國的各個都市都沒有用外牆之類的建築明確將城市與外部相隔開來。儘管建國初期的戰亂時代曾有過那樣的都市，但令人感激的是延續了和平與安定的現在，北都也跟皇都一樣還在持續擴展。

話雖如此，依然有著明確標出從這裡開始就是都市的界線。

「這裡便是領都了。」

在從旁可見一座讓人回想起巴黎凱旋門，但比那個更小又舊，感覺很有歷史淵源的門跡之處，阿列克謝這麼說道。

彷彿回應阿列克謝的話，騎士團的演奏者吹響了號角。這似乎是宣告領主歸還的旋律。

這一路上人們都會在道路兩旁列隊歡迎，但當這聲號角響起，這一帶的人家便紛紛湧現出人群。人數不但很多，還越來越多。

真不愧是領都，人口跟途經的村莊天差地別。

哇～～不得了。

不斷湧現的人們都是一雙眼閃閃發亮地看著兄妹倆搭乘的馬車，當葉卡堤琳娜揮了揮手，人們也都揮手回應，並揚起歡呼，說著就跟日文中的萬歲一樣意思的話……不，解釋起來太麻煩了，就當作是萬歲吧。傳來許多人呼喊著萬歲的聲音。

還有，歡迎歸來。

——說的也是。我回家了。

或許是在皇都取回上輩子記憶的關係，也可能是從軟禁的別館出來後，都一直足不出戶所以不熟悉領都的關係，看著眼前的景色，我總覺得十分新鮮就是了。事到如今才意會過來，對我跟兄長大人來說，這裡才是原本的家鄉。

葉卡堤琳娜跟身旁的阿列克謝對上了眼，莞爾一笑。

「歡迎歸來，兄長大人。」

阿列克謝睜大了一雙螢光藍的眼，這才回以微笑。

「我回來了——也歡迎妳歸來，葉卡堤琳娜。」

牽起妹妹的手，阿列克謝用雙手包覆了起來。

「這裡是妳的都城，是我女王的都城。住在這個地方的所有人，在妳面前都要屈膝臣服。若是有人不服從，我都一定會親手排除。」

「兄長大人，雖然只是一份微薄之力，但我也會與你齊心協力。若是有人不服從兄長大人，我也會加以懲處喔。」

「這樣啊，真是可靠。」

聽我後半句話說得像在惡作劇一般，阿列克謝也笑了。

「那我們走吧。該去伏魔殿驅魔了。」

就這樣，在馬車行進的方向上，可以看見尤爾諾瓦城了。

或許是在上輩子見過的國外旅行簡章上曾看過，總覺得外觀有點像某棟建築物。雖然印象模糊不清，不過似乎是瑞典的斯德哥爾摩宮殿吧。儘管不同於皇城，它有著許多尖塔，看起來就像童話中會出現的城堡一般，但確實是個兼具優美與剛健的建築物。

眺望著直到幾個月前還住在這裡的「自家」，葉卡堤琳娜越加深切地想。

好大！

不，當然這些並非全都是拿來居住用的。具有縣政府一般的行政機能、綜合商社的總公司機能、迎接賓客的迎賓館機能等，除此之外還有各式各樣的用途與職責就是了。

即使如此，這竟然是我家喔。

時過境遷之後，或許還會變成世界遺產。

呃，不知道這個世界是不是總有一天也會成立教科文組織呢？

一行人就如同騎士團長所說，在領民們的歡呼聲中前進。喊著萬歲的聲音甚至直達天際。

尤爾諾瓦城的城門大大地敞開。

在那當中，還有一團騎士團整齊地在城門兩側列隊迎接。

演奏者再次吹響號角後，騎士們紛紛高舉長劍，一齊發出氣勢鼓舞的震天喊聲。

在領民們的歡呼，以及騎士們的喊聲迎接之下，兄妹倆踏入了尤爾諾瓦城。

葉卡堤琳娜讓阿列克謝牽著手下了馬車後，成排齊列地前來迎接的傭人們一起垂首致意。

這時……

「阿列克謝大人！」

被一道意料之外的尖聲叫住，她便朝那個方向看了過去。

眼前是葉卡堤琳娜不曾見過，身上穿著怎麼看都不像是傭人的豪華服裝，大概是貴族的一男一女。雖然長得不太像，但應該是一對父女。

在他們身後還有穿著雖然沒有那對父女豪華，但應該也是貴族服裝的一行人。

「歡迎回來，我好想念您呀！」

看起來應該跟葉卡堤琳娜年紀相仿的千金歡欣雀躍地走近阿列克謝。她有著一頭鮮豔的綠髮以及藍綠色的眼睛，五官面容雖然比較銳利，倒也稱得上是個美人。

但說到那個髮型……真是標準又紮實的螺旋捲啊。

妳是反派千金喔。不，我也沒資格說別人，我才是真正的反派千金就是了。還說什麼五官面容比較銳利，我真的是完全沒資格說別人。

阿列克謝的一雙螢光藍的眼睛冷漠地定睛看著那位千金。她似乎完全沒有發現這樣的眼神，依然帶著滿面的笑容，還氣勢沖沖地像要擠開葉卡堤琳娜一般。

彷彿要展現給這位千金看一般，葉卡堤琳娜貼近到兄長的身邊。這讓千金不得不停下腳步，還一副不悅的樣子瞪著葉卡堤琳娜——或許是這才發現是阿列克謝的妹妹，便又連忙換上笑容。

這時有好幾個人跟著那個螺旋捲千金湊了上來，並圍在她身邊。

是跟班喔！我看就是跟班吧！

那個螺旋捲，果然是反派千金嗎？現在是我VS.螺旋捲，真正的反派千金VS.在地的反派千金嗎！

「喂，齊菈，這樣太失禮嘍。阿列克謝大人，欣喜見您平安歸還。我諾華岱恩分家領頭向您致上恭迎。」

那位父親行了一禮。他的頭髮是黃色的。比起金髮，更偏向黃色。眼睛則是橙色的啊。這一位的長相也是滿好看的，但總覺得那張應該很討人喜歡的笑容之中帶著虛偽。

而且讓人覺得有點芥蒂的是……他說「恭迎」？那口吻聽起來簡直就像自己才是這個

宅邸的主人一樣。

好了，這下該如何應對呢？

才這麼想，這時女僕米娜便靠了過來。用恭敬到有點做作的態度，朝葉卡堤琳娜遞出了扇子。

「謝謝，妳總是這麼機靈。」

微微一笑地接過之後，葉卡堤琳娜唰地張開扇子，遮住了嘴邊。

多虧如此，跟阿列克謝也更貼近了一些。

「兄長大人，這兩位是？」

話講得小聲，但我刻意用對方也能聽得見的音量這麼說。還有，一旦我黏得這麼緊，螺旋捲也不用想靠近兄長大人！

阿列克謝覺得可笑地揚起了嘴角。

「是諾華岱恩伯爵家的宗主伊西德勒及其千金齊菈。是分家之一。」

「哎呀……那真是遺憾。」

葉卡堤琳娜在扇子底下嘆了一口氣。重點在於像在隱藏卻表露無遺。

「貴為尤爾諾瓦家的分家，竟連對本家宗主的敬稱也無法理解，還逕自做出直呼名諱的無禮之舉。一想到兄長大人平時的辛勞，我便覺得心痛不已。」

「妳不用替我掛心。只是，面對身為公爵千金，又是尤爾諾瓦女主人的妳，卻連一個招呼也沒有，此等無禮才更令我難以容許。」

這時，兄妹倆一起垂眼瞪向諾華岱恩父女。並不只是視線而已，還帶著渺視的態度。好耶，螺旋捲瞪過來了。然後那群跟班都怕爆……呃，他們為什麼都臉紅了？是因為兄長大人太俊美了嗎？

螺旋捲小妹妹，即使妳氣噗噗地湊到把拔身邊也沒用喔。我的兄長大人跟妳的把拔在各種方面的觀點來說，差距大概就和聖母峰跟大阪天保山（海拔約四．五公尺）一樣大吧（自家比）。

那位父親，也就是諾華岱恩伯在被這對美貌的兄妹一瞪，轉瞬間似乎還畏縮了一下。

不過，他輕聲一笑，聳了聳肩。

「這……恕我無禮，公爵閣下。但請您理解，我既為亞歷山大公的摯友，也自認有盡到代您父職的責任才對。」

葉卡堤琳娜心想。

天啊～這傢伙超可疑的～

「葉卡堤琳娜大小姐，初次見面。在您母親的葬禮上沒能與您招呼，萬分抱歉。您就猶如母親一般美麗動人。不過還是您的母親更能容忍，更為淑女典範就是了。」

這番話不禁刺入心扉。不只是葉卡提琳娜，聽起來更侮辱了母親。

這傢伙……該不會看母親大人性情沉靜，就變成臭老太婆的爪牙，跟著欺負她吧？

「亞歷山大公是位友情深厚，對誰都一視同仁的品格高尚者。他把我當兄弟對待，也說過要我把公爵宅邸當作自己家。往後我也會依然珍重著這份友愛於心。」

諾華岱恩就像在舉起印籠般搬出父親的名字，但阿列克謝不屑一顧。

「要我和父親一樣容許你的那一天，絕對不會到來。若是要將父親的家當作自己家，便到靈廟那邊去住吧。」

「什……！」

聽見這番嚴苛的話，就連諾華岱恩也不禁語塞。

就在這個時機，一群人像是要保護公爵兄妹的四周及背後一般現身並圍了過來。不只是諾華克及艾倫等親信，還有以羅森為首的騎士團騎士們。

「……哦，是諾華克子爵家的啊。」

諾華岱恩會用緊繃的聲音向諾華克招呼，應該也是基於同為分家的敵對意識吧。而且在諾華岱恩的背後，也跟著幾個地位應該較低的貴族。

伊西德勒．諾華岱恩伯爵。其實這個名字我曾在快速船的船上聽兄長大人提過了。

因為是伯爵家，在分家當中的地位最高。所以他才會自稱分家領頭，但現在身上並沒

有任何職稱。是臭老爸的摯友（自稱）之一，與其說是前公爵的親信，應該是從年輕時候就一起玩樂的同夥。會在皇都及公爵領地來來去去的，好像也是在皇都跟老爸一起到處玩樂，再回到領地仗著老爸之名作威作福的樣子。

也就是說，眼前這是公爵領地新舊勢力對峙的場面。

「閣下、大小姐，長程的旅途想必也讓兩位感到疲憊，要進到宅邸了嗎？」

諾華克先生完全無視他！不放在眼裡這招就某方面來說才是最狠的！

但的確，當這些傢伙在歌頌世間美好之際，仍盡責統治公爵領地的，便是兄長大人跟諾華克先生他們幾位親信。那當然即使看在眼裡，也只是濫用視神經而已。

而且這傢伙為什麼可以擺出這麼囂張的態度啊？是想讓齊菈坐上公爵夫人寶座，以一招逆轉勝為目標嗎？那樣反而應該要奉承兄長大人才是吧。

雖然我在內心發誓過無論兄長大人的妻子是個什麼樣的人，都絕對不能欺負人家，而且「絕對不能欺負媳婦！」也是我內心的標語。

但如果是想利用兄長大人讓自家圖利，妳就絕對不行啦，螺旋捲！

而且我看兄長大人好像也滿不喜歡妳的喔。

「我是不覺得累，但很擔心葉卡堤琳娜。身體孱弱的她一直在替我回應領民們的招呼，我想讓她早點休息。」

「對我來說這一路都很開心喔。但兄長大人要我休息的話，我也會這麼做的。所以，兄長大人也休息一下吧。還有各位也是。」

「……妳真是個溫柔的孩子。」

阿列克謝愛憐地莞爾一笑，並摸著妹妹的頭髮。

總覺得螺旋捲千金跟她的跟班們好像喧嚷了起來，是怎麼了嗎？

「大小姐。」

騎士團長羅森朝著葉卡堤琳娜遞出一把小小的花束。

「這是位騎士從領民手中收下的。好像是一對年幼的姊妹跑來說要送給大小姐。」

「哎呀，真令人開心！」

收下之後，葉卡堤琳娜不禁微微一笑。雖然只是摘下路邊的花綁成的樸素花束，但一想到這是年幼的孩子想著我們而送的禮物，便覺得很開心。

然而……

「哎呀，真是討厭，髒兮兮的。」

傳來一道嘲諷的聲音。該說是理所當然嗎，這麼說的人正是螺旋捲千金齊菈。

「區區貧民的窮酸花束，本不該是公爵千金該碰到的東西。葉卡堤琳娜大人真可憐。」

……喂。

「齊菈大人說的沒錯。」

「收下的騎士究竟是在想什麼呀。難道是想侮辱葉卡堤琳娜大人嗎？」

「竟然因為那種東西就感到開心，真是可憐。是不是沒有收過男士送的漂亮花束呀？」

齊菈的跟班們看準時機這麼偷笑起來。

妳們很會用那種故意讓人聽見的聲音講話嘛。而且也沒注意到兄長大人的親信們一把火都上來了，真的有夠遲鈍耶，嗯。

雖然我一瞬間也覺得火大，但立刻回想起來了。這種無聊的嘲諷，就跟對馬三人組一模一樣。

葉卡堤琳娜伸出單手抵著耳朵，笑咪咪地對羅森說道：

「哎呀，剛才好像有聽見蟲子的聲音呢。」

羅森一瞬睜大了眼睛，接著輕聲笑了出來。

「如果是再更有風情一點的聲音就好了……但這也沒轍呢，終究不是人類，只是蟲子罷了。」

諾華克跟艾倫等阿列克謝的親信們之間，也都立刻轉變成忍笑的氣氛。

「羅森卿，請替我向收下花束的騎士道謝。他對一個小女孩這樣溫柔以待，讓我感到很開心。守護柔弱的婦孺，才正是騎士道。」

「遵命。我等尤爾諾瓦騎士團理當以守護公爵家及領民為使命。」

羅森行了一禮，在他身後的騎士們也都露出笑容，向騎士團的貴婦人低頭致意。

「騎士的本分是守護君主及領民，貴婦人則應是向人民傾注慈愛吧。」

阿列克謝對妹妹微微一笑。

「妳對任何人都是一視同仁地溫柔。既美麗聰慧，又慈愛深沉，是最高貴的貴婦人。」

啊，第一次在領地的舊勢力面前發動妹控濾鏡。

「我只是想當個不愧對於兄長大人的妹妹而已。領民們會這麼歡迎我，也是多虧了兄長大人及各位優異的統治呀。」

不行，我明明也是想秀一手兄控的，這樣只是變成單純在陳述事實而已。我要再更精進，窮極兄控才行！

葉卡堤琳娜用扇子遮住嘴邊，朝諾華伬恩父女倆瞥了一眼。

「不知道那位小姐是幾歲呢？等到她會好好招呼人後，還真想暢談一番。」

她喃喃說著，隨即淺淺一笑。

雖然本人沒有自覺，但那眼神既嫵媚又動人。女兒齊菈氣得怒目橫眉，父親伊西德勒卻不禁傻笑了起來。

但葉卡堤琳娜早已背對兩人，在兄長的護行之下將手交付到他手中。

「我們走吧，葉卡堤琳娜。」

「好的，兄長大人。」

就這樣，公爵兄妹帶著部下們扔下舊勢力的一群人，堂堂進到自己的城堡。

隔天早上。

這個曾經窩過半年的房間，應該說整個樓層裡，除了一張寬敞大床坐鎮的寢室之外，還有專用的書房、客房、音樂室之類因應各種興趣的房間，再加上收納衣服的房間等，全部加起來整體便是「葉卡堤琳娜的房間」。久違在其中的寢室睡了一晚的葉卡堤琳娜，在從窗簾縫隙間落入的陽光之中醒了過來。

「早安，大小姐。」

「早啊，米娜。」

正要起身的葉卡堤琳娜，對推著餐車進來的女僕米娜投以微笑。

「昨晚睡得如何呢？」

「多虧了妳，我睡得很好。這裡比皇都還要涼快，舒服多了。」

「那太好了。」

「米娜，妳不會累嗎？」

「沒有什麼讓我感到疲憊的事情。」

米娜雖然若無其事地這麼說，但昨天在那之後，又發生了不少事情。

踏入宅邸的尤爾諾瓦兄妹，首先受到幾位主要傭人們的招呼。

在母親過世後的半年期間，幾乎都沒有說過一句話的葉卡堤琳娜，帶著親切的笑容回應他們招呼的身影，以及流露溫柔的視線看向妹妹的阿列克謝，這雙方對他們來說似乎都帶來很大的衝擊。

『大小姐……您看起來很有精神，才是最重要的。』

本家宅邸的老管家諾華拉斯那雙在白眉底下的眼睛泛起了淚光。他也出身自分家，第一個侍奉的主人是祖父謝爾蓋的父親，也就是葉卡堤琳娜他們的曾祖父。侍奉到現在已經是第四代公爵了，可謂尤爾諾瓦城的活字典。

『……讓你替我擔心，我也感到抱歉。』

見葉卡堤琳娜垂下了眼，阿列克謝也輕輕將手擺在妹妹的肩膀上。

『畢竟經歷了那麼難受的事情，會有好一段時間無法振作起來也是理所當然的。該感到抱歉的人是我才對。』

『兄長大人也是同樣難受呀。請別這麼說。』

葉卡堤琳娜將自己的手疊在阿列克謝的手上。

『……兩位這樣站在一起，簡直就像亞歷山大公及夫人一般呢。』

不禁這麼喃喃說道的人，是女僕長安娜。她也是長年侍奉公爵家，以前應該一頭鮮豔緋紅色的頭髮已經半白，是位微胖的女性。

另外還有一位沉默不語地看著葉卡堤琳娜的女性。她是負責管理女性傭人的女管家萊莎。她則是個身材高挑又清瘦的女性，有著一頭接近黑色的深紫色頭髮，以及比髮色再淺一點的紫色眼睛。

『我命你們要像侍奉公爵夫人一般，侍奉葉卡堤琳娜。在葉卡堤琳娜嫁出去，或是我娶妻之前，她都是尤爾諾瓦的女主人。』

阿列克謝說完後，所有傭人都一起順從地垂首聽命。

……那麼，事情究竟會怎麼發展呢？

在這當中，應該有著居心叵測的人吧。

葉卡堤琳娜冷靜地這麼想著。

雖然在家政這個領域中，我的知識跟經驗都明顯不足，但為了不給兄長大人添麻煩，我這個女主人也要努力掌握傭人們！

像這樣一如往常地在內心緊緊握拳時，諾華拉斯向阿列克謝問道：

『諾華岱恩卿目前住宿在藤蔓薔薇之房。似乎想與兩位共進晚餐，但方才那樣的氣氛下……請問意下如何呢？』

沒想到諾華岱恩父女倆竟然擅自住進尤爾諾瓦城來了，看來是真的以為會像父親亞歷山大那時一樣款待他的樣子。

阿列克謝果斷地對老管家下令「把他們趕出去」。

但是，傭人們都沒能立刻動作。諾華岱恩父女倆，尤其父親伊西德勒應該從小就是前代亞歷山大的友人，時不時會進出這棟宅邸。再加上不只老管家，其他傭人們也有出身分家之人，彼此之間有著複雜的關係性，又或是利害關係吧。

諾華岱恩或許是想給阿列克謝看看在父親那個時候都是怎麼跟他往來的。

看了眼前這個狀況，阿列克謝點了點頭。

接著看向常伴身邊的侍從伊凡。

『伊凡，趕他們出去。』

『是，閣下。』

伊凡一如往常開朗地回應。

『也去跟騎士團說一聲，我命令他們以小隊形式處理這件事。』

『遵命。』

『少爺……！呃，不，閣下。』

管家諾華拉斯露出驚愕的表情喊道。

『再怎麼說，都是分家的人，是自己人啊。若是鬧到要出動騎士團，是否也太——』

『閉嘴。』

阿列克謝這麼說著，一雙螢光藍的眼睛也綻出強烈精光。但當他注意到葉卡堤琳娜抬頭看著自己的視線後，無意間雙眼就落寞地暗沉下來。

『……妳應該覺得我很可怕吧。』

『不會的。不如說，我覺得兄長大人很體貼。』

葉卡堤琳娜做出這番回答，這讓傭人們全都面露不解。

『照他們的態度看來，或許往後也會一直蔑視兄長大人，且自視甚高吧。難保最後不會演變成真的要派遣騎士團，靠蠻力摧毀分家的事態。為了避免發生這樣的狀況，趁現在明確地告訴他們辨清自己立場的兄長大人，著實是個溫柔的人。』

上輩子在做系統開發時，面對那種會不斷隨口追加規格或是任意更改規格的客戶，要是沒有先把醜話說在前頭，接下來便會變得很麻煩。聽說別間公司有因此跟某個客戶打起官司相互揭短，最後那個客戶敗訴，不但要付款，還要負擔訴訟費用，反而造成更大的傷害。

所以，兄長大人這麼做是對的！

『……真是個聰明的孩子。謝謝，妳能理解讓我覺得很開心。』

阿列克謝感慨萬千地這麼說。

『不過兄長大人，若是騎士團，恐怕會讓齊菈小姐覺得冒犯。請讓米娜去應對吧。』

『也是呢。騎士們應該也會被齊菈耍著玩吧。米娜。』

『遵命，閣下。』

米娜一如往常面無表情地低頭致意。

接著，伊凡跟米娜就一起闊步走向客房了。

後來聽當時一起去趕走那對父女的騎士團小隊長轉述，伊凡跟米娜踏著輕鬆的腳步抵達客房後，甚至沒有敲門便各自進到父女倆的房間，直接抓出包包將他們的換洗衣物等各

式各樣的東西塞進去，俐落地打包好行囊的樣子。完全無視沒有受邀的賓客，在驚訝之餘怒吼出的謾罵。

打包好的行囊全被騎士團的騎士們二話不說地搬出去了。諾華岱恩的侍從想將東西搶回來而衝上前去抓住時，一位騎士便將侍從整個人抓起來扛到肩上，似乎也像個貨物一樣被搬到宅邸之外。

而諾華岱恩本人則是在差點就要被抓著雙手強行帶走之前甩開騎士，憤然地自己走了出去。

最棘手的便是女兒齊菈。再怎麼說也不能將千金小姐扛到肩上，面對勃然大怒的她，騎士們只覺得傷透腦筋。

這時，米娜從她的正面方向走了過去，並在極近的距離面無表情地盯著千金小姐。

接著便張大雙手擁抱住她，並直接抱了起來。

就連齊菈也不禁語塞。她一臉不知道發生了什麼事的樣子，就這麼被米娜快步搬走，並塞進諾華岱恩家的馬車裡。

據說那身本領俐落又漂亮。

一臉好像從來沒有發生過這些事情一般，米娜此時正在替葉卡提琳娜泡茶。

「……大小姐，至少在最近這段期間，請您只要喝我泡的茶就好了。」

「哦，為什麼呢？」

葉卡堤琳娜歪過頭感到費解，米娜便冷哼了一聲。

「明明是要給大小姐泡的茶，卻不知道被誰偷偷調換成受潮的茶葉了。」

「哎呀。」

葉卡堤琳娜不禁笑了出來。

「那個人想必是害怕兄長大人而不敢對他這麼做，才會拿我出氣吧。」

「這種事情，我不會讓任何人得逞。」

「是呀，謝謝妳，米娜。」

雖然只是無聊的找碴，但還能像這樣笑得出來，也是因為相信米娜會保護我嘛。

「米娜好厲害啊。我能放心地睡覺，還能喝到美味的茶，全都是多虧了米娜呢。」

葉卡堤琳娜揚起微笑後，平常總是面無表情的米娜難得勾起嘴角，露出了笑容。

只要她想，其實也是可以在房間裡吃早餐，但葉卡堤琳娜還是前往飯廳了。因為她覺得阿列克謝一定會在那裡。

畢竟彼此平常在學園都是過著宿舍生活，並不會一早就碰到面。相對地，週末回到皇

都公爵宅邸住的隔天早上，就一定會一起吃早餐。所以兄長大人一定也是這麼想的！

雖然從皇都到公爵領地的這趟旅途中，豈止吃飯時間，兩人一直都在一起就是了……

即使如此，葉卡堤琳娜還是覺得「這是另一個胃」。其實也不知道是什麼的另一個胃，但看樣子兄控是沒在講道理的。

葉卡堤琳娜踩著輕快的步伐，與跟在後頭的米娜一起走在長長的走廊時，無意間聽見了一道聲音，便朝著窗外看去。

接著，她不禁睜大了眼睛。

在足不出戶的那段時間幾乎沒有來過的飯廳裡，裝飾得金碧輝煌的牆壁上掛著幾幅繪畫，一張又長又寬大的桌子邊擺著成列的椅子，真的就和想像中貴族宅邸裡會出現的那種飯廳一模一樣。

「早啊，葉卡堤琳娜。」

「早安，兄長大人。」

跟晚了一點才現身的阿列克謝面對面坐在長桌的最上座，一起享用早餐。

葉卡堤琳娜的目光停留在阿列克謝那頭難得有些凌亂的水藍色頭髮上。這種感覺也好棒啊！呃，不對，重點不在這裡。

「剛才是在進行晨間鍛鍊對吧。」

「是啊，跟騎士們對練一下，沒想到花了太久的時間。」

「我在走廊的窗邊看到你們練習的樣子。但是，守護著四周的並非騎士們呢。」

葉卡堤琳娜帶點惡作劇的語氣這麼說，讓阿列克謝莞爾一笑。

「妳想靠近一點看看嗎？」

「是的！」

「這樣啊，那就讓你們見見面吧。雖然不比克雷蒙夫的魔獸馬，但尤爾諾瓦的獵犬也是只要在這方面有所涉獵的人都知道的存在。」

就這樣，葉卡堤琳娜在阿列克謝的帶領下，來到了尤爾諾瓦城的狗屋。

所有狗現在都出了籠子，各自在像是運動場的一片空地上躺著或是嬉戲，但一注意到兩人靠近，便一齊看了過來。

——巨、巨大毛孩～～！

有多達十幾隻超大毛球，都一邊喘著氣朝我們看過來。

但外觀看起來與其說是獵犬，更像是有著劍齒虎般利牙的狼！不對，狼身上會有這樣毛茸茸的鬃毛嗎？難道是獅子跟狼的混種！

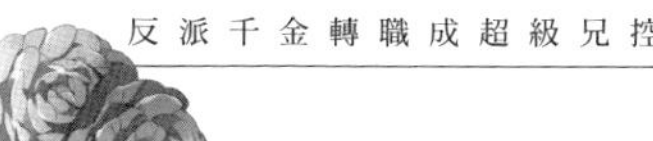

「這是讓某種魔獸跟這個地區特有的狗交配而生的魔犬。這便是尤爾諾瓦的獵犬，不只是平常狩獵而已，在討伐魔獸時牠們也有活躍的表現。這是一群無論面對什麼樣的魔獸，都能毫不畏懼地與之對抗的，皇國最棒的獵犬。」

「好大隻啊！」

「牠們用後腳站起來的話，甚至都能俯視我了。」

兄長大人的身高大概接近一百九十公分，那麼這些狗站起來不就有兩公尺左右了？好有壓迫感！而且好帥氣！還毛茸茸的！

「我可以摸摸這些狗嗎？」

「牠們會對不認識的人保持警戒，不過……伊格利。」

「是，少爺……不，閣下。」

這時一道人影晃了出來，是個看不出年紀的男性。身材短小但肩膀很寬，有著壯碩肌肉的強悍體格。他的臉也很具特色，禿頭又獨眼，有一隻眼睛上戴著眼罩。這容貌看起來既魁偉又嚇人。

好像……跟上輩子的某個角色好像。

看到他的瞬間，葉卡堤琳娜不禁暗忖。

雖然連名字都不記得，但就像那個啦，站在拳擊漫畫金字塔頂端的那部作品，好像說了什麼「打！打啊！」的那個大叔（註：指漫畫《小拳王》的丹下段平）！

……呃，不好意思伊格利先生，擅自把你看作拳擊大叔真是抱歉。

「葉卡堤琳娜，伊格利是這群狗的飼養員，可以說是唯一能夠馴服尤爾諾瓦獵犬的人才。」

「哎呀，能夠馴服一群這麼大隻的狗，真是了不起的才能呢。伊格利，我是葉卡堤琳娜。請多指教了。」

「是、是的。您好，那個……不敢當……」

葉卡堤琳娜面帶笑容地這麼說了之後，伊格利不知為何一副非常驚嚇的樣子，一再低頭致意。

抱歉，都是因為聯想到那個有名的角色，害我有點笑過頭了，非常抱歉。

「伊格利，把那些狗叫過來。讓牠們緩緩靠近。」

「是。」

點頭回應阿列克謝的命令後，伊格利吹了一聲小口哨，並簡短地反覆著。

這時，獵犬們都隨之起身。

五六頭都踩著悠哉的步伐走近過來。

好大隻啊，近看覺得超大隻啊——！

黃金獵犬也沒得比，甚至比散步看到時會想說「是北極熊喔」的大白熊犬更大隻。而且看那目中精光！感覺好強，而且好聰明的樣子。

「大小姐……您不會覺得害怕嗎？」

伊格利擔心地這麼問了，於是葉卡堤琳娜搖了搖頭。

「牠們看起來好厲害，讓我覺得很緊張。但要是有危險，兄長大人也不會讓牠們靠近我呀。」

「沒錯，妳真的很聰明——伊格利，你別替葉卡堤琳娜擔心。別看她這樣，這孩子有著剛毅的氣概，甚至還曾獨自一人與魔獸對峙。跟一般千金小姐可大不相同喔。」

聽阿列克謝掩飾不住得意洋洋的語氣這麼說，伊格利睜大了他的獨眼。

「這位大小姐竟然……看起來明明如此優雅。不過，無論是我還是狗，大小姐見到確實也都不會畏縮呢。真不愧是閣下的妹妹。」

不，那個魔獸可是嚇死我了。

但仔細想想，或許也因為有過那次經驗，覺得跟那個魔獸比起來，這些狗感覺多少可以溝通的樣子，才會覺得應該沒問題吧。

靠過來的獵犬們都湊到阿列克謝的身邊，似乎能明白阿列克謝是主人的樣子，有的在他腳邊搖著尾巴坐了下來，有的則是用頭去蹭他的手，想讓他摸摸頭。儘管身軀龐大而且外貌精悍，看樣子行為依舊跟一般的狗相去無幾。

而且牠們對第一次見面的葉卡堤琳娜也是深感興趣，還會過來嗅起氣味。

即使沒有用後腳站起來，狗的臉也差不多有到我的肩膀附近。更靠在脖子旁邊聞來聞去的，有種搔癢的感覺。湊過來的臉大到根本不是狗應有的尺寸。鬃毛也毛茸茸的啊啊啊好想摸！

「如果我摸牠們會生氣嗎？」

「這些狗會對具備高強魔力的人表達敬意。妳試著對牠們展現魔力看看。」

展現魔力？

稍微想了一下之後，葉卡堤琳娜將魔力灌注到腳邊的土地。非常少量。先想像，再控制，最後才發動。

伴隨著細微的窸窣聲，一個同心圓的圖樣便刻印在地面上。而且範圍非常廣。

「魔力操縱做得既纖細又明確。妳又變得更厲害了呢。」

耶～～被兄長大人稱讚了～～！

這時，獵犬們的態度很明顯地改變了。原本湊在葉卡堤琳娜的脖子聞著氣味的狗張大眼睛，立刻趴在地上。那些本來在四周晃來晃去的狗，以及在跟阿列克謝撒嬌的狗，全都一起看向葉卡堤琳娜，有些趴地有些坐著，似乎全都是在表達順從之意。

接著，一隻躺在比較遠的地方的狗，這時緩緩起身走了過來。

體型比其他狗都稍微大了一些，身上的毛色相當美麗。獵犬們身體的毛色基本上都比較像是灰色，但只有那隻狗幾近全白，毛的尾端還帶了點金色。

「妳來了啊，蕾吉娜。」

阿列克謝一伸出手，被稱作蕾吉娜的那隻狗的臉就在手上蹭了過來，接著用那雙金色的眼睛盯著葉卡堤琳娜。

「葉卡堤琳娜，這隻狗叫蕾吉娜，是統率尤爾諾瓦獵犬們的首領，也是女王。」

「這樣呀！」

首領犬是母的啊。但這麼說來，上輩子好像也曾在網路新聞上看過，隨著對狼的研究加深，便發現時不時也會出現由母狼擔任首領的狼群。據說比起戰鬥力，更著重於智謀，或者說是溝通能力的樣子。

「蕾吉娜，我是葉卡堤琳娜。很高興認識妳。」

對牠微微一笑後，蕾吉娜就露出整排牙齒，像是在笑。

接著，牠猛地用後腳站起後，將整個上半身都靠了上來。

呀——！

受不了！這麼想著緊緊抱住蕾吉娜後，葉卡堤琳娜將整張臉埋進那鬆軟的鬃毛裡。

毛茸茸的！鬆鬆軟軟！好溫暖啊！還有野獸的氣味！好開心喔！

這可是女生跟女生相擁的狀態呢！

為了換口氣而從鬃毛裡抬起臉來時，只見蕾吉娜那雙澄澈的眼睛正俯視著葉卡堤琳娜。

「這是歡迎我的意思嗎？」

這麼一問，蕾吉娜便用長長的鼻子蹭了蹭葉卡堤琳娜的臉頰。

呀～～！

葉卡堤琳娜用一臉歡喜的笑容抬頭看向阿列克謝。

「兄長大人，我第一次在公爵領地交到女生朋友了！」

「是啊，蕾吉娜也跟妳很相襯。畢竟在見到妳之前，蕾吉娜對我來說便是世界上最聰慧又溫柔的女性了。」

……雖然說得若無其事，但總覺得他跟人類女性之間可能發生過很多事情吧。臭老太婆想必也帶來很大的影響。兄長大人與其說是不擅長與女性相處，應該是有點厭女的傾向。

阿列克謝摸了摸蕾吉娜的頭。

「蕾吉娜，好好保護我的妹妹吧。葉卡堤琳娜是我的妹妹，也是我的生命。妳要好好

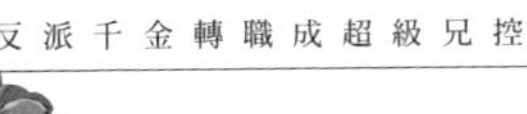

保護她，不讓任何人傷到她的一根頭髮。如果是妳，應該能懂吧。」

蕾吉娜用金色的眼睛盯著阿列克謝看，隨後就像在答應他一般，嘎嚕嚕地發出低吟。

阿列克謝提議說既然都來了，就在庭院散步一下，葉卡堤琳娜也欣喜不已——但在要脫口答應之前遲疑了。

「我是覺得非常開心。但兄長大人，你應該很忙碌吧。」

「沒關係的。多虧有妳，讓我多了點餘裕。」

「我有幫上什麼忙嗎？」

「當然有啊。」

牽起妹妹的手，阿列克謝便輕輕握住。

「一旦看到妳美麗的身影，我便會湧現力量。只要聽到妳體貼的話，我便能心生餘裕。雖然我沒有信仰過神，但在跟妳相處後，我也漸漸了解到崇拜的喜悅。」

「哎呀……兄長大人也真是的。」

今天也是一早就開始妹控呢！

兄妹倆跨步走出去後，獵犬們的首領蕾吉娜也在後方跟了過來。

牠像是完全理解了阿列克謝所說的話，伴在葉卡堤琳娜身邊沒有離開。獵犬的飼養員伊格利也深信著蕾吉娜，見牠做出想一起去的行動，便胡亂地摸了摸牠的頭，並說著「要保護好大小姐喔」，目送牠跟了上來。

阿列克謝瞇細了眼，看著妹妹感覺很開心地摸著蕾吉娜鬆軟的毛髮。

「妳喜歡動物的話，要不要也去看看馬兒們？如果想看花，就帶妳去花園繞繞吧。」

「我也喜歡馬。那真是美麗的生物。」

只要跟兄長大人一起行動，不管做什麼都很開心。

但喜歡馬也是真心話，所以可以看到很多馬也讓我感到很高興。這麼說來，為了增強體力，之前有想過試試看騎馬……但在那之後一直都很忙，完全沒有試過就是了……

不過每天都走滿多路的，所以應該也增強了一點體力。畢竟無論在皇都還是這裡，住的地方都是無謂地寬敞。走得路遠比上輩子還多呢。況且也沒有電梯之類的東西，上下樓梯的機會也變多了。

尤爾諾瓦城的馬廄很大，裡頭飼有許多匹馬。不只是公爵家的馬，就連暫時留駐的騎士們也將馬匹寄在這裡的樣子。而且負責照顧的馬夫人數也很多。

阿列克謝很了解公爵家的這些馬。不只是名字，甚至連個性及特徵，還有血統都很清

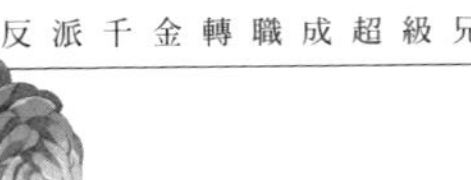

楚。

「兄長大人很喜歡馬匹呢。」

「是啊，我還滿喜歡馬術的。」

……不知道他有沒有想過乾脆騎著馬奔向遠方呢？

這也是無可厚非，何況經歷的境遇讓他背負了太沉重的責任，不如說會這樣想才是理所當然。

每一匹馬水汪汪的大眼睛跟長長的睫毛都很有魅力，是個雖然體型龐大卻很可愛的生物。但相較之下，公爵家的這些馬匹看起來身形都是勻稱又美麗。

馬匹在這個世界也是一種交通方式，所以這個馬廄以上輩子的觀點來看便是個巨大的車庫。公爵家的馬匹們就像義大利那個商標是一隻跳馬的超跑等級超高級車。而那些騎士的馬雖然不至於加上超級的程度，但也是高級車，大概是高人氣的國產跑車等級吧。

而在旅程途中有時會看到那種粗短又壯碩的農耕馬，便能看作是貨車。

另外，公爵領地的馬匹當中，似乎也有為了拉動猶如鐵條般相當沉重的貨物馬車而生，體型巨大的品種。此時浮現在葉卡堤琳娜腦海中的是北海道輓曳賽馬（註：由大型馬拉著沉重鐵雪橇的比賽形式）的馬（體重有純種馬的一倍，很巨大），差不多就是那種感覺吧。

不過馬是貴重的動物，並不像上輩子一般平民也都有車那般普遍。

騎士之所以被領民們視為憧憬，或許就好在騎著貴重馬匹的身影。尤其尤爾諾瓦騎士團更是即使平民出身，只要在入團測驗中被認同具備騎士素質，並願意將劍奉給身為騎士團之主的公爵，便能成為騎士。同時可以獲得的收入，也足以聘僱飼養馬匹的馬夫。

儘管無法像爵位一樣讓子孫繼承，卻也是高於平民的身分，生活還能變得更優渥。那當然會成為大家的夢想。

葉卡堤琳娜開開心心地用馬夫拿過來的紅蘿蔔餵馬，這時無意間從馬廄的窗戶看見了一棟小間的建築物。看起來雖然像是單獨的馬廄，但實在建造得太過漂亮。然而看起來卻也不像是提供給人居住的地方。

「兄長大人，那是什麼呢？」

「那是……」

往葉卡堤琳娜所指的方向看去，阿列克謝難得有點含糊不清。於是葉卡堤琳娜連忙說：

「我只是剛好看到而已。如果是不想提及的事情，我便不會深究下去。」

「不，就趁這個機會跟妳說吧。來。」

在阿列克謝的護行下，來到剛才那個小間的建築物一看，那裡果然是馬廄。不過裡面

沒有間隔，所以應該是只為了飼養一匹馬而建造，但既寬敞又漂亮，看起來相當穩固。只是好像很久沒有使用的樣子，空蕩蕩的又滿是塵埃。

而且，在這個沒有馬匹的空間裡，取而代之的是只擺了一幅畫。

上頭畫著一匹馬以及騎在上頭的人物。那位騎著馬的人正是祖父謝爾蓋。

那是一匹灰色的馬，以馬的毛色來講就是蘆毛，體魄強健到看不出來其實祖父的身材高挑。牠的額頭上長著銀色的角，而且還能從口中窺見獠牙。

是克雷蒙夫的魔獸馬！

「這是祖父大人與他的愛馬傑菲洛斯。這幢馬廄是為了傑菲洛斯而建造的。皇都的公爵宅邸也有同樣的馬廄喔。」

「哇！祖父大人的愛馬是克雷蒙夫的魔獸馬呢！」

真不愧是祖父大人！

如果公爵家的那些馬匹是超跑，擁有魔獸馬就像是持有私人噴射機的感覺？我記得一架私人噴射機要價數十億的樣子。

「克雷蒙夫家是專為皇帝陛下飼養馬匹的世家。魔獸馬本來應該全數進獻給皇室才對。無論累積多少代價，這都不是靠金錢可以買到的。但是，唯獨克雷蒙夫的宗主允許擁有特權，但凡是宗主認定足以相配的對象，便可以贈與對方魔獸馬。祖父大人正是從克雷蒙夫的前代宗主手中獲贈這匹傑菲洛斯。」

「原來是這樣……」

不好意思，我馬上就用金額換算了其價值，真是不好意思。

說到花錢也買不到的，應該便是F1之類了吧。雖然那個沒有所謂的市價，但可說是先進技術的聚合體，應該有著相當驚人的價值。硬要說的話，光是研發費用就要幾百億圓的樣子……啊！又不禁用金錢去衡量了。

先不管F1，這麼說來馬在這個世界除了是一種交通方式之外，也有作為軍馬這樣武器般的一面。把魔獸馬視作軍事機密的話，那當然不是可以拿來買賣的東西。但若是拿來送給對國家而言有利益的人物……搞不好比僱用保鑣更能防身。嗯，很有可能。

如果是這樣，那克雷蒙夫家超厲害耶！就某方面來說，比起三大公爵家更深得皇室的信賴！平常都看尼古拉跟瑪麗娜在那邊說兄妹相聲，讓大家和樂融融的，原來他們其實是出身自很厲害的世家啊！

這時蕾吉娜嗅起了地板的味道。以前應該是鋪滿乾草的地板，現在赤裸裸地露出了木板。像是發現在尋找的氣味一般，蕾吉娜呼嚕一聲就躺到地板上。

「傑菲洛斯的脾氣很硬，但牠跟蕾吉娜很要好。混著魔獸之血的獵犬壽命遠比一般的狗還要長。蕾吉娜的年紀比我大一點，祖父大人生前便覺得牠總有一天會成為獵犬們的首

領，從那時就是聰慧又溫柔了。」

「哎呀，原來蕾吉娜是姊姊呢。」

年紀比兄長大人再大一點……大概二十歲左右嗎？原來是聰慧又溫柔的二十歲美人姊姊啊。而且還毛茸茸的啊。

兄長大人小時候會不會跑去跟比自己還大隻的蕾吉娜撒嬌呢？被包覆在那毛茸茸之中的小小兄長大人……啊啊啊不得了！超萌啦～～！

「長壽這點魔獸馬也是一樣，雖然有著個體差異，但似乎可以活得跟人類差不多。所以，獲贈的魔獸馬可以成為一輩子的愛馬。傑菲洛斯跟祖父大人從年輕時便是摯友般的關係。光是一個眼神，好像便能溝通任何事情……就跟蕾吉娜一樣，傑菲洛斯也很聰慧，而且強大。當祖父大人前去討伐魔獸，一旦那隻魔獸要衝過來襲擊祖父大人時，傑菲洛斯便會將牠咬死。」

……看來那副獠牙不只是拿來嚇人的而已呢。

這麼說來，好像是上輩子的《平家物語》吧，也有軍馬以「生喰」之名，作為傳說級名馬登場的樣子。因為是勇猛到好像能將生物生吞活剝的馬，便如此命名。一般的馬會讓人覺得「不可能吧～～」但魔獸馬就大有可能了。魔獸馬真的是最高強的軍馬。

「因為傑菲洛斯討厭小孩，所以都不太讓我靠近牠。但若是跟祖父大人一起，牠也曾心不甘情不願地讓我騎上去。雖然當我從馬鞍上想伸手摸摸牠時，被瞪了一眼就是了。這讓祖父大人笑得很開心，也是一段快樂的時光。傑菲洛斯很有威嚴，公爵宅邸裡的所有生物都會對牠懷抱敬意。至少我是這麼覺得的。」

兄長大人這麼說的聲音聽起來，似乎也帶了點憧憬。

一座玻璃工坊也能二話不說就買給我的兄長大人，在物質方面只要他想要什麼，應該都能得到。正因為如此，他才會很少對什麼東西產生欲望吧。

而就連這樣的兄長大人，想要也得不到的特別存在，便是克雷蒙夫的魔獸馬。

「像兄長大人這樣的人物，想必總有一天也能獲贈魔獸馬。」

不但是尼古拉的朋友、皇子的友人，皇帝陛下也很器重兄長大人，肯定早晚會像祖父大人那樣成為肩負國政的立場，並獲贈魔獸馬。

然而阿列克謝聽了葉卡提琳娜這番話，卻只是搖了搖頭。

「我不可能獲贈魔獸馬。因為尤爾諾瓦曾對克雷蒙夫犯下罪過。」

「你說……罪過？」

「沒錯。」

阿列克謝的聲音聽起來相當沉重。

「祖父大人辭世後，傑菲洛斯很明顯地氣力盡失，什麼東西也不肯吃。一味地窩在皇

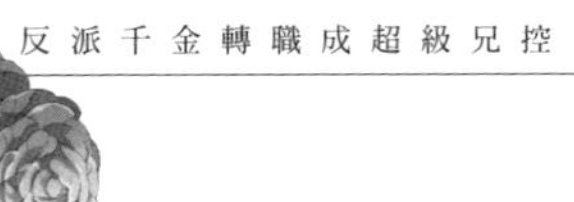

都公爵宅邸的馬廄裡，拒絕被任何人觸碰。」

「這是因為……」

「對，我想牠應該是想去祖父大人前往的地方吧。我很自然地產生了這樣的想法，因為牠有著這樣的心。內行人都知道，克雷蒙夫的魔獸馬跟主人之間有著強烈的羈絆。那種時候就該尊重牠那份心，靜靜地守護著才對。所以，大家也都這麼做了。魔獸馬的生命力強韌，即使絕食也能活得下去……但過了一個月，牠終究還是變得衰弱，只能靠在馬廄的牆邊，等待臨終的那一刻到來。然而那個時候，卻有蠢貨闖入牠的馬廄，強行將瀕死的傑菲洛斯拖了出來。」

「究竟是誰做出這種事情！」

葉卡堤琳娜不禁喊出了聲音。

殉身這種事情或許不該讚揚，但也許是上輩子日本人的意識美所致，以這個世界的觀感來說也一樣，能在傑菲洛斯的真誠之中感受到敬意與美。但竟然強行將牠拖出來，到底是誰做出這種事啊！

「是那個男人……不，是父親大人的跟班們。他們根本不懂魔獸馬的性質為何，只覺得那是公爵家的財產，既然是名馬就該由繼任宗主繼承，並打算將牠帶到父親大人跟前。況且他們大白天就已經喝醉了。」

……一群混帳東西。

兄長大人其實應該是在內心用「那個男人」來稱呼臭老爸的吧……不好意思，妹妹還喊得更難聽，真是不好意思。

「無論已經多麼衰弱，傑菲洛斯依舊是身經百戰的強者。牠將那群蠢貨踢到骨折。因此……那些傢伙隨即抽出了長劍。」

葉卡提琳娜閉上了雙眼。

阿列克謝摸著妹妹的頭髮。在那之後的事情就沒再說下去了。

「那些蠢貨們……有受到應當的責罰嗎？」

「不過是被關個禁閉而已。父親大人袒護了他們，說那不過是頭野獸，他們也只是保身而已。」

……不知為何，我總覺得諾華岱恩就在那群人當中。

可能就像這樣，一直以來無論做了什麼都不會被咎責，才會擺出那麼囂張的態度吧。而且說不定就是因為跟兄長大人之間有著不可能修復的鴻溝，便豁出去了，放棄奉承他。

「魔獸馬本來是屬於皇帝陛下的。既然享有獲贈的榮譽，那一家就要敬重地對待牠才行。這件事玷汙了尤爾諾瓦的家名。然而不但對馬漠不關心，甚至覺得自己身為皇室的一員，沒必要敬重魔獸馬的祖母大人，似乎去向當時的皇帝陛下請願，要陛下向克雷蒙夫伯

下令再給父親大人一匹魔獸馬。」

……天啊，好想揍人。明明是要為了殺死傑菲洛斯而向人家道歉的狀況，竟然還拜託先帝陛下去命令克雷蒙夫伯再交出一匹馬來？喂，就因為先帝陛下是自己弟弟，還真的這麼為所欲為耶。雖然我從來沒有揍過人，但唯獨臭老太婆，我覺得自己可以痛扁她一頓。

「所以我才會前往克雷蒙夫家，代父親大人之名向他們謝罪。」

「啊？」

葉卡堤琳娜不禁用真心話的語氣回應了一句。

那個時候的兄長大人才十歲吧？而且別說兄長大人自己沒有任何過錯，他所憧憬的傑菲洛斯遭遇那種事情，他應該比誰都更感到氣憤，也覺得悲痛才對吧？

「畢竟父親大人絲毫沒有要道歉的意思。若是派代理人去謝罪，反而更加失禮。為了顧全尤爾諾瓦的家名，至少必須由身為嫡子的我去道歉。所以我就去了這趟，並向克雷蒙夫伯道歉，更立下約定，無論父親大人還是我，今後尤爾諾瓦都不會再向克雷蒙夫要魔獸馬。」

兄長大人……自己斬斷了得到憧憬的希望啊。

咕啊——！好想痛扁老太婆跟老爸啊！乾脆就跟但丁《神曲》當中的猶大一樣，在地獄的最下層被魔王咬個稀巴爛算了！

「祖母大人……是否斥責了兄長大人這個舉動呢？」

「但很快地，她也顧不得這種事情了。因為那時陛下決定讓位。」

喔……原來如此。

老太婆也感到焦急了吧。想必現在的陛下從那個時候開始，便已經展現出沒有要聽從老太婆的態度了。對老太婆來說，當然還是對自己唯命是從的弟弟擔任皇帝比較有利。

「先帝陛下很仰賴祖父大人。曾跟祖父大人一起享受狩獵的樂趣，應該也知道傑菲洛斯的事情。」

「原來是這樣……」

或許在那之前多多少少便有這樣的想法，但傑菲洛斯的事情、姊姊恬不知恥的態度，以及對無法壓下姊姊的自己感到失望，可能成了最後一根稻草。

「當時我去會見的是現在的克雷蒙夫伯，也就是尼古拉跟瑪麗娜的父親。聽說他雖然幾乎沒有涉足政治或社交圈，但深得陛下的信賴，因此傑菲洛斯的事情幾乎沒有落人口實，平穩地解決了。我想，瑪麗娜可能根本不知道這件事。尼古拉應該知道，但在學園跟他同班兩年多以來，他從來沒有提及這件事，甚至也不曾影射過。是個值得信賴的正派人物。」

「是呀，尼古拉學長是兄長大人很好的友人呢。」

葉卡堤琳娜這麼一說，阿列克謝便喃喃地說著「這樣啊」，並感到害臊般垂下雙眼。接著，他淺淺一笑。

「往後，妳也一如往常地跟克雷蒙夫家的兄妹相處吧。一如妳說的，他們是很好的友人。話雖如此，我是認為我們應該認清自己的立場，才決定跟妳說這件事情。」

「我明白了，兄長大人。謝謝你告訴我。」

即使一如往常，總覺得下次見到那對兄妹時，還是會不禁懷著難以言喻的心情看著他們。

但尼古拉學長想必依舊不會有任何動搖，並對我們露出一如往常的笑容吧。我也只想像得到這樣的光景。

無意間，我產生了一個疑問。如果是那對兄妹的父親，那個深得陛下信賴的人物，當他看到年僅十歲的兄長大人代老爸之名出現時，克雷蒙夫伯是怎麼想的呢？

即使年紀還很小，他的舉止想必相當莊重，弔唁了傑菲洛斯後，再說著合情合理的話，替父親的無禮致歉。他究竟是怎麼看待這樣的兄長大人呢？

兄長大人個性認真到甚至不近人情，想必會堅守著不去奢求魔獸馬的約定，但不知道對方會是怎麼想的？令人難以想像只有十八歲，這般才能幹濟的兄長大人，還是有著不懂自己真正想法的一面。

說不定……他是覺得對不起祖父大人及傑菲洛斯，才會自己這樣懲罰無能為力的自己。雖然他應該沒有這樣的自覺就是了……

兄長大人總是不讓自己得到幸福。只是一味地盡責而已。

葉卡堤琳娜牽起兄長的手，輕輕地握住。

「……是不是讓妳感到悲傷了？」

「不是的。但那時的兄長大人，想必感到很悲傷吧。所以我想替你分擔那份心情。」

「妳真的很溫柔。」

阿列克謝回握了妹妹的手。

這時，在兄妹倆的手上，一顆大大的頭擺了上來。阿列克謝笑著摸了摸蕾吉娜的頭。

「蕾吉娜也很溫柔。以前替我分擔心情的都是蕾吉娜嘛。」

這句話反而浮現出一個孤獨孩子的身影一般。

葉卡堤琳娜抬頭看著兄長，露出微笑。

「這樣呀。蕾吉娜是個很棒的姊姊呢。」

「我真幸福。有兩個聰慧又體貼的美女這麼關心我。」

「因為兄長大人是比誰都優秀的男士呀。對吧，蕾吉娜。」

蕾吉娜抬頭看向兩人，搖了搖蓬鬆柔軟的尾巴。

「兄長大人……那些蠢貨也會出席週末那場慶宴嗎？」

「應該會。那是要慶祝我繼承公爵爵位，同時也是為了讓妳這位公爵千金更廣為人知，因此都有向領地內的一些要人發出邀請。」

「那麼，屆時請你不要離開我的身邊。要是有那種人想靠近兄長大人，我便會趕走他們。」

我雖然明白那種程度的傢伙，兄長大人自己便能驅趕走了。但他多少也會感到有些不悅。

兄控反派千金才不允許這種事情！

「這樣啊。真是可靠。」

嘴上這麼說著，阿列克謝像是憋不住一般，笑了出來。

「妳不用去搭理那種傢伙。妳那雙美麗的眼睛以及溫柔的心，只要向著更配得上妳的事物就好了。妳是能讓世界變得更美，也更令人欣喜的存在。能像妳這樣從如此高遠的視野看待事物的人，真的相當稀有。妳是個聰明的孩子，但看來也有著不懂自己的一面呢。」

……嗯？

咦？

兄長大人，那正是我剛才想著兄長大人產生的想法！

但以內容來說，兄長大人的妹控是不是沒有輸給我的兄控呢？總覺得好不甘心！

雖然我也不知道妹控兄控在這邊較勁好不好就是了！

尤爾諾瓦公爵繼承爵位時，會在公爵領地及皇都分別舉辦慶宴。

三大公爵家跟皇室一樣，通常當公爵在世時便會將爵位讓渡給繼承人。這個狀況下便會立即舉辦慶宴。

若是因為前代辭世而繼承，當然會先舉辦葬禮，並相隔一段時間後，才會舉辦祝福新上任公爵的慶宴。

慶祝阿列克謝繼承公爵爵位的宴席，已經在皇都舉辦過了。

然而要在公爵領地舉辦的慶宴，卻異常延後了一段期間。雖然原因出自阿列克謝還是學生身分，沒什麼時間返回公爵領地，但換句話說，也是他不想這麼做。他覺得只要有在皇都舉辦過慶宴就夠了。

然而他一個轉念，這次決定舉辦一場盛大的宴席。名目雖然是為了慶祝繼承公爵爵位，但主要還是為了讓所有人認識這位自出生以來，從沒有在公爵領地的人們面前現身過的妹妹，也就是公爵千金葉卡堤琳娜。

因此，要說這場慶宴是阿列克謝為了葉卡堤琳娜所舉辦的也不為過。

「大小姐。」

來到房間的女僕長安娜，在行禮後正想開口時，突然僵住並斷了要接續下去的話。

正在書桌上寫東西的葉卡堤琳娜腳邊，原本趴著的蕾吉娜站起身來。被一頭有著猶如劍般獠牙的巨大獵犬那雙銳利的眼睛緊盯著看，讓緋色紅髮與白髮交錯的資深女僕安娜不禁抖了一下微胖的身子，懼怕不已。

「蕾吉娜並不可怕喔，安娜。」

葉卡堤琳娜面帶微笑，撫摸著蕾吉娜的頭。瞇細了雙眼，蕾吉娜便再次趴了下來。

「大、大小姐，宅邸中有規定不得讓獵犬入內。」

「我有經過兄長大人的許可了。他說以前祖父大人回到領地時，也會讓喜歡的首領犬隨侍在側呢。」

「這……」

既然資深，安娜想必還記得祖父那個時代，因此無從做出反駁。垂首的她，似乎喃喃低語著「但這是混了魔獸之血的……」之類的話。

「比起這個，找我有什麼事嗎？」

「是、是的。」

從她回過神來抬起頭，便立刻重整了呼吸看來，果然經驗老到。

「大小姐，請問您在慶宴上要穿哪一件服裝呢？」

「是我在皇都準備好的喔。怎麼了嗎？」

睜大帶了點紫的藍色眼睛，葉卡堤琳娜這麼反問，安娜便露出困惑的表情。

「由於我們要替大小姐做慶宴的準備，因此得先知道是什麼樣的服裝。而且在這個北都也有流行的款式，我們必須看過那件服裝後，再給您一些進言才行。」

「哦，原來是這樣啊。不用擔心，我的禮服是皇都最受歡迎的設計師做的，即使不符合北都的流行也無可厚非。」

輕聲地淺淺一笑後，葉卡堤琳娜也換上正經的表情。

「何況即使安娜進言，我也不打算做任何改變。這次的禮服用的是將作為尤爾諾瓦領地新的特產品，由兄長大人他們研發出來的布料製成。況且先前我穿著由同一位設計師製成的禮服接待皇室一家時，皇后陛下不但讚賞有加，還買下了那塊布料。在這樣的前提之下，可不能因為妳的一番話而更改。知道嗎？」

「唔！是、是的……非常抱歉，大小姐。是我僭越多事了。」

葉卡堤琳娜說話的語氣相當柔和，但一字一句都清晰明確。安娜一副畏縮的樣子低下頭去。搬出皇室一家以及皇后陛下，肯定讓她也無從做出其他反應。

「準備工作我都交給米娜處理，當天各位只要在米娜的指示下幫忙就可以了。」

「這樣啊。」

安娜朝著站在葉卡堤琳娜身後的米娜瞥了一眼。

「關於這件事也想與您商量一下。尤爾諾瓦公爵千金身邊若是只跟著一位女僕，恐會與家世地位不相襯。是不是可以讓以前照顧過大小姐的那些人，回來服侍您呢？」

「哎呀，剛好。」

葉卡堤琳娜笑咪咪地這麼說。

「我也正想跟妳說這件事情。妳應該知道只能帶一位女僕去魔法學園宿舍吧。所以，我已經完全習慣讓米娜一個人照顧生活起居了。讓其他不熟悉的人照顧，會讓我覺得很不習慣。所以在從學園畢業之前，跟在我身邊的女僕只要有米娜一位就夠了。當米娜需要其他女僕幫忙時，請她們再聽從米娜的指示吧。」

「大小姐……」

雖然安娜皺起了眉間，但葉卡堤琳娜裝作沒有發現。

「反正再兩年半左右便會畢業了。我會再跟兄長大人還有管家諾華拉斯說明這件事，避免他們誤會是妳辦事不周。」

「……不敢當。」

既然話說至此便無從反抗，安娜只能低頭致意。

「大小姐，您真的變了。」

「有嗎？」

聽見像是不禁脫口而出的這句低語，葉卡堤琳娜只是優雅地歪過猶如天鵝般白皙纖細的脖子。

「我自己倒是不太清楚呢。」

在安娜離開後的自己房間裡，一邊優雅地拿著米娜遞過來茶杯就口，葉卡堤琳娜在內心對自己拚命吐槽。

好意思說啊——！

當然會變啊！都混了其他人格進來耶！一開始這樣的變化甚至讓自己昏倒過好幾次，真虧我還能若無其事地說出這種話！

之前住在這裡的葉卡堤琳娜就像個洋娃娃一樣，默默地穿上人家準備好的衣服，然後一整天都把自己關在房間裡嘛。不同於以前習慣的做法，想必安娜也會覺得不知所措吧。

不過，我現在也不太能到外面亂晃就是了呢，因為兄長大人要我這麼做。避免讓諾華岱恩那些舊勢力有機可趁，希望我這段時間能夠自衛一下。所以，我既沒有踏出尤爾諾瓦城一步，也幾乎沒有離開這個房間。

因此安娜才會以為還能對我如過往以待。

「大小姐，您剛才表現得很帥氣。」

在身邊待命的米娜語氣平淡地這麼說，因此葉卡堤琳娜也睜大雙眼。

「我很帥氣？」

「完全不把女僕長當一回事，表現得很有氣勢。」

「哎呀，真令人開心。」

葉卡堤琳娜輕聲笑了起來。

被戰鬥女僕米娜稱讚帥氣了耶。真是不好意思～

「看來我或是蕾吉娜，一定要有一個待在這個房間裡比較好呢。」

「……不知道她們會不會毀掉禮服呢？」

這可是反派千金找碴的經典手法呢。

咦？我才是反派千金的說。

「她是個小聰明的女人，感覺不會做出那種會造成解僱理由的大事。但是，她說不定會煽動別人去做。多防範一點總是比較好。」

「嗯，這倒是。」

葉卡堤琳娜稍微嘆了一口氣。做這種小奸小惡找人麻煩，究竟是哪裡有趣了？

……不過，我自己也不是可以裝聖人這麼想的立場就是了。像是上輩子把我推到跟客戶交涉的最前線，結果自己躲在後頭不斷抨擊的那個上司，我也是盡全力詛咒他公開外遇的事情被他妻子發現，並被狠狠敲走一筆慰問金後離婚之類的，而且還不只一次這樣想過，嗯。不知道詛咒能不能算是一種找碴，但好像有起了效用。雖然不清楚實際上是發生了什麼事，不過他在短時間內臉頰都消瘦了下來喔。

說真的，那讓我有種報仇成功的爽快感。找人麻煩後，一旦對方有點表現出厭惡的感覺，便會覺得開心的那種心理，我也不是不能理解。

話雖如此，我依舊從沒想過要自己跑去跟上司的妻子告密。即使在這種事情上耗費了時間及體力，也只會覺得空虛而已吧。即使對方因此受到一些打擊，與其覺得開心，感覺反而會產生討厭的心情。

所以，我好像也是可以理解，但終究還是搞不懂啦！

我怎麼這麼麻煩啦！

「我絕對不會讓人碰大小姐的東西。」

總、總覺得米娜平淡的語氣之中，聽起來帶有深沉的力道。

這麼說來，之前在皇都聽說慶宴的事情時，有被問到要不要製作新的禮服，在我說了穿行幸那時的禮服就好後，我無意間回想起來，隨口說出「待在公爵領地時也有人替我做了很多禮服，但都不太適合」這樣的話……結果不只是米娜，就連格拉漢姆先生跟那邊的女僕長，以及皇都公爵宅邸主要成員們的臉色都變了，讓我嚇了一跳。

在那之後，禮服設計師卡蜜拉小姐立刻被叫來，變成要在皇都做一件新的禮服帶過來。儘管我說穿之前做的禮服就好，但這意見也被婉轉地無視了。

看來大家都知道那是個危險信號呢。

「大小姐，安娜會礙事嗎？」

啊……關於我家的美人女僕久違浮現變態人格這檔事。

但這也無可厚非嘛，畢竟人家米娜是戰鬥女僕啊。所以才能立刻看穿安娜微妙的敵意，並給出忠告。

雖然省略了很多事情，應該說沒有特別提及，但安娜好像跟臭老爸有過什麼，所以她似乎因此對於外表相像但個性完全不同的兄長大人抱持著複雜的感情。這件事是從侍從伊凡那邊聽來的。然後她好像對於外表跟老爸的妻子——也就是母親大人——相像，還受到兄長大人格外重視的我感到火大……這則是米娜的看法。

真是的，為什麼我平白無故要被人視為眼中釘啊？真虧她想得到用那種瑣碎的小事找人麻煩耶。

但我現在可以悠哉地這麼想，也是多虧了有百分之百值得信賴的米娜待在我身旁。

嗯。

「既然對兄長大人沒有害處，女僕長的工作也都做得很確實，就先放任她一段時間吧。但凡在我從學園畢業之前，找到可以接任她的人才就沒事了。只要有米娜在，安娜那種人甚至稱不上礙眼呢。真的很謝謝妳。」

葉卡堤琳娜這麼說完，米娜那種變態人格的感覺也消失了，雖然臉上面無表情，但嘴角也微微浮現了笑意。

「大小姐，關於慶宴的準備，方便與您說明幾件事情嗎？」

來到葉卡堤琳娜的房間並這麼說著的，是負責管理女性傭人的女管家萊莎。

「當然可以呀。」

葉卡堤琳娜這麼回應後，萊莎便將抱過來的一疊像是帳本的東西放到桌上，並在與葉卡堤琳娜面對面的地方坐了下來。儘管在葉卡堤琳娜腳邊的巨大獵犬蕾吉娜抬頭看著她，萊莎卻沒有朝牠瞥上一眼，就取出眼鏡戴了上去。

眼鏡的銀色鏡框閃現一道精光。

啊，這是要來真的了。

這個念頭也果不其然。

賓客的人數及主要名單。

會提供的料理及飲品的種類跟數量。

為此的餐具等級、種類以及準備程序。尤其是銀製器皿，還必須事前安排好人手及時間進行拋光。

接待的宗旨及計畫。

從哪裡到哪裡是為了慶宴而開放的空間，除此之外的區塊要如何警備。

預計會有大概幾輛馬車前來，又要讓馬車在哪裡待機。

還有要讓那些伴隨賓客前來的人要在什麼地方待機。

傭人們的配置，以及要安排一些臨時僱用的人，同時那些人又是要如何配置。

還有這些事情各自要投入多少費用。並附上這樣的金額確實妥當的說明。

根本是馬拉松！甚至有點到達跑步者的愉悅感（註：當運動量超過某一階段時，體內便會分泌腦內嗎啡的現象）！來吧，下一個再來啊！

說不定正是這樣的個性，才會導致上輩子過勞死。

「萊莎，等一下。伴隨賓客前來的那些人待機時間這麼久，卻從八年前開始，就再也沒有提供食物及飲品給他們了呢。」

「是的，自從亞歷山大公那一代開始，便有吩咐要減少無謂的花費。」

……這恐怕也是被貪汙的費用之一吧。財務的帳本上應該變成有提供食物及飲品吧。

「關於這點，我想恢復提供。如果現在開始準備也來得及，像是祖父大人那時一樣，提供他們食物及飲品吧。」

「好的，大小姐。我們會這麼著手準備的。」

做出這個回應的萊莎嘴邊，似乎掠過了一道滿意的笑。

「妳是為了讓我這麼說，才會特地在這裡寫上八年前就不再提供了對吧。」

葉卡提琳娜揚起微笑。

這時，一杯紅茶便遞到眼前來。

「大小姐，請休息一下。您太聚精會神了。」

「謝謝妳，米娜。」

接下茶杯喝了一口，這才驚覺自己已經很渴了，於是我心懷感激地將米娜特地泡得溫溫的茶全部喝光。

「請用。」

「……謝謝。」

米娜也向萊莎遞出了茶杯。她跟平常一樣面無表情。萊莎則是感到有些驚訝地接下。

蕾吉娜則是走到離了有點遠的地方，趴在那裡好一段時間了。看樣子睡得很熟。

「這裡女管家的工作範圍很廣呢。在皇都宅邸那邊，這些事情都是管家的工作。」

「畢竟諾華拉斯先生年事已高，我會漸漸替他分擔一些工作。皇都宅邸的管家有對大小姐說過這些幕後工作的事情嗎？」

「這是女主人的職責嘛。而且，我並不討厭接觸幕後的這些事情喔。在光鮮亮麗的派對背後究竟有多少人在做著什麼樣的事情，還有每一個構想又必須先做哪些準備等，能知道這些事情讓我覺得很有趣。」

畢竟上輩子是個歷女，可以得知出現在西洋史中那些王公貴族所舉辦的派對幕後，讓我覺得滿有趣的。畢竟做這些事情的部門真的不太會留下紀錄，是一塊不為人所知的領域。

這麼說來，雖然是日本史，不過有個學者教授發現了某個武士人家的記帳本，寫了一本跟那相關的書籍，並在序章表示自己超興奮，像是「有夠罕見，超貴重的！真虧我能找到耶！」之類。後來改編成電影時，還被飾演主角的演員狠狠評論「整篇序章都寫得得意洋洋」。但那就是如此令人感到興奮的東西吧（註：指作品《武士的家計簿》）。

萊莎輕聲地笑了笑。

「格拉漢姆先生寫在信上的事情是真的呢。大小姐和謝爾蓋公極為相似。」

聽了這句話，葉卡提琳娜睜大雙眼。

皇都宅邸的管家格拉漢姆跟公爵領地本家宅邸的女管家萊莎，就聯絡公事方面來說，或許的確可能會有書信上的往來。但在那樣的信件上，應該不會寫到葉卡提琳娜跟祖父相似的事情吧。

也就是說，他們熟稔到私底下會有所聯繫啊。

「萊莎，妳跟格拉漢姆有所交流嗎？」

「當格拉漢姆先生還是謝爾蓋公的侍從時，我就認識他了。而且我的經歷跟格拉漢姆先生也有相似之處。格拉漢姆先生似乎有將自己曾為旅行劇團演員的經歷，對大小姐說過呢。」

「……是呀。」

「我呢，以前曾是洗衣女工，是在地下室工作的雜工。」

萊莎來到尤爾諾瓦城工作時，年僅八歲。

因為她原本居住的村莊遭受魔獸襲擊，父母都慘遭殺害。公爵領地的冬天本來就很寒冷了，那一年更是接連發生格外嚴重的暴風雪。一般來說，她不是被親戚家收養，就是要被送到孤兒院。然而，住在同一個村莊的親戚並沒有再收養孩子的餘裕，甚至連孤兒院都滿了。

正因為是這樣的一年，為了讓這些孤兒院都無法收容的孩子們有個歸宿，便要求領都裡的富裕人家準備幾個包吃住的工作機會給這些孩子。身為領主的尤爾諾瓦公爵家，當然也要作為表率，先收容了孩子。很幸運的是，萊莎剛好被選上了。

儘管還這麼年幼就得開始工作，萊莎仍從當時開始就知道自己相當幸運。她也知道要是失去了這份好運氣，恐怕便會餓死凍死吧。

所以，她用那小小的身軀，盡全力地工作。

洗衣是一項重體力的勞動。但在尤爾諾瓦城擔任洗衣女工，並不是件太辛苦的事。

城堡有著地暖的設備，在遍布配置於地板下方的管線中循環的暖風，會讓整個遼闊的公爵宅邸溫暖起來。暖風是由位在城堡地下好幾處爐子中焚燒的火所產生的，洗衣室同樣位於城堡地下，乾燥室也在地下。是一種活用暖風烘乾衣物的設計。

是以即使到了冬天，也不會感到寒冷。利用為了維持暖氣的火也能燒開大量熱水，因此不只城堡裡有公爵一家專用的大浴池，也有傭人們的浴室。不僅每天可以在寬敞的浴槽

中洗澡，剩下的熱水也能拿來洗衣服，所以雙手也不會因為冰冷的水而凍僵。

雖然當時的萊莎並不知道緣由，但地暖設備是自從古代亞斯特拉帝國時代就存在，並經過尤爾諾瓦公爵家第五代宗主瓦希里自國外招聘來的著名發明家之手，才發展起來的。這在北都是一種主流的暖氣手段，當中尤爾諾瓦城的設備更是皇國內最頂尖。

這是多麼厲害的地方啊。

第一次踏入尤爾諾瓦城洗衣室時的那份感動，萊莎應該一輩子都忘不了吧。在嚴冬時期，竟瀰漫著足以讓人發汗的熱氣。跟生長的小村莊裡的那個小小的家，家家戶戶到了冬天的早晨都會發現汲取回來放在家裡的水已經結凍的情況相比，簡直是另一個世界。

開始工作後，她洗了許多衣服。直到冬天結束，時節即將來到春天之際，聰明又靈巧的萊莎也開始可以處理少數幾件公爵家的人要穿的衣服了。因為對於沒什麼力氣的小孩子來說，正好適合清洗那些用纖細絲綢製成的襯衫。

這時，她每天都會產生一個疑問。在公爵家當中，就只有一位的衣服總是會弄得特別髒。

艾札克．尤爾諾瓦大人。當年十八歲，剛從皇都的魔法學園畢業並返回領地的少爺，不知為何衣服總是會跟愛玩泥巴的幼兒一樣滿是泥濘。

艾札克大人在尤爾諾瓦城中有些受到輕視。據說他從小便是個奇怪的孩子，每天都會將許許多多平凡無奇的石頭撿回來，並堆積在房間裡。好像就連讀書寫字也是很晚才學成的樣子。因此，就連洗衣室的雜工都會瞧不起地說，那一位不同於他優秀的兄長大人，感覺有點奇怪呢。

萊莎感到氣憤不已。

公爵大人是自己的大恩人，竟然還瞧不起他的兒子，未免也太過分。分明這些雜工幾乎都不會讀書寫字，究竟是憑什麼這樣評論一位確實能做到的人呢？

於是這個八歲的小孩下定決心。

好，就去拜託艾札克大人不要把衣服弄髒好了。這樣就不會被大家瞧不起了。

長大成人後再回頭想想，這是多麼愚蠢的一件事啊。洗衣女工所待的地方是在地下室。相較之下，儘管是庶子，卻也是公爵家一員的艾札克大人，可說是如天上般遙不可及的存在。別說是跟他講話了，甚至不被允許出現在他面前。

然而鄉下長大的孩子不明白這種事理。

而且，她也正巧看到了。兩位穿著高級服裝的男性，正走在庭院當中。雖然從沒見過長相，但光看衣服就知道了。其中一位正是艾札克大人。

她沒有任何遲疑就跑了過去，低頭向他拜託。請不要再弄髒衣服了。因為絲綢在清洗時不能太出力，所以髒汙會難以洗乾淨。她拚命地說明自己學到的洗衣方式。

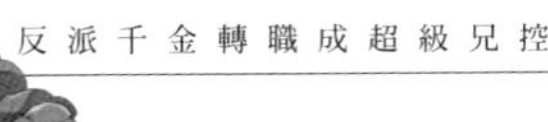

一個洗衣女工對公爵家之子做出這種行徑，即使被打到全身都腫起來再遭放逐也是無可厚非。她卻完全不知道這種理所當然的事情。

默默聽著萊莎說完，艾札克消沉地垂下肩膀嘆了一口氣。

『抱歉，我真的太沒用了。但凡有罕見的礦物在地底呼喚我，我便會忍不住去將它挖掘出來。但是，我從來不知道這樣會給像妳這麼小的女孩子添麻煩。以後，我會在穿著即使弄髒也沒關係的衣服時，才會這麼做。』

到這個時候，萊莎依舊幸運。艾札克大人確實是位奇特的人物。他的確會做出比較多奇妙的舉動，也完全擺不出貴族的架子，然而是個像孩子般純真又溫柔的人。

這時另一位紳士，身材高挑而且感覺很有派頭的人，輕拍了艾札克大人的背，並對萊莎投以微笑。

『不好意思，我弟弟給妳添麻煩了。不過，妳真厲害啊。妳還是第一個說出足以說服艾札克不可以將衣服弄髒的理由的人。年紀小小的，卻很擅長說明呢。真是個聰明的孩子。現在幾歲呢？叫什麼名字？』

這就是謝爾蓋公第一次對萊莎說的話。

「祖父大人真的是位優秀的人物呢。叔公大人也是。」

葉卡堤琳娜微微一笑。

真不愧是祖父大人。我記得是在皇都跟兄長大人一起去的餐廳店主，摩爾先生所說的吧，祖父大人很喜歡培育人才。原來萊莎小姐也是祖父大人培育起來的人才啊！

興趣是培育人才。真的太有意義了，祖父大人。

「謝爾蓋公當時還是嫡子，並非領主。然而，從那個時候開始，實際在統治領地的就已經是那一位大人了。讓領都的富裕人家收容孩子的，也是謝爾蓋公。正是我的恩人。」

「哎呀……真不愧是祖父大人呢。」

當時艾札克叔公大人是十八歲的話，跟他相差五歲的謝爾蓋祖父大人應該是二十三歲吧。以上輩子來說，是才從大學畢業，剛出社會第一年或第二年，還很青澀的年紀耶。

他卻已經展現出能幹領主的本事。真的太厲害了，祖父大人。

話說回來，祖父大人二十三歲時，萊莎小姐是八歲，所以現在大概五十歲左右？完全看不出來！大概是年輕時看起來就很成熟，但外表年紀一直都沒什麼改變的類型吧。

「不過，萊莎也很了不起喔。當時年紀還那麼小，卻比一般大人更有分辨能力呢。不但沒有跟大家一起瞧不起叔公大人，甚至為他仔細說明一番。」

「不敢當。但是，我終究還是個小孩而已。當時有很多我並不明白的事情。」

妳很擅長說明呢。我不太懂洗衣服的事情，下次見面時，妳能再多告訴我一些事情嗎？

因為謝爾蓋大人這麼說，八歲的萊莎於是得意洋洋了起來。

下次再見面時，想告訴他更多事情。開心不已地這麼想著，她便比平常更加拚命工作，甚至去問了還不能交給她處理的公爵夫人衣服的洗衣方式。女性的服裝上頭有許多裝飾，困難許多。

而且，只要一有閒暇她便會去庭院晃來晃去，並希望可以見到謝爾蓋大人。

對於一個失去家人，獨自在陌生環境中生活的孩子來說，真不知道這個希望帶來多大的溫暖。

但是，當她的希望成真，謝爾蓋大人出現在庭院時，萊莎反而對於要不要跑過去感到遲疑了。雖然她還不知道什麼叫「客套話」，但她知道大人有時候會為了只在那個當下讓對方感到開心，說些口是心非的話。地位這麼高的人物，竟然會想聽小孩子說關於洗衣服的事情，是不是其實別有居心呢？

萊莎的這個想法是很正確，也合乎情理的。然而當謝爾蓋大人看見萊莎的身影時，卻面帶笑容地朝她揮了揮手。

『萊莎，真高興能見到妳。有時間可以聊一下嗎？』

結果謝爾蓋大人真的傾耳聽了關於洗衣的事情。像是洗衣室的設備帶來多大的感動，還有雜工們之間的謠傳以及人際關係。而且不只是一味地聽而已，甚至還說「我想知道這些事情，妳知道了之後可以再告訴我嗎？」這讓萊莎更是幹勁十足，不但去問人，還會側耳關注周遭其他人在說的事，努力地回答了謝爾蓋大人的疑問。他們好幾次在庭院相見，並說了許多事情。話題從洗衣室之外，更拓展到各式各樣雜工的部門去。

話說到這裡，現在的萊莎露出微笑。

「大小姐，您知道那是怎麼一回事嗎？」

對葉卡堤琳娜來說，也只能苦笑以對。

「祖父大人……是想請萊莎當自己的眼睛對吧。」

講得難聽一點，也可以說是要她成為奸細。大概是當時有些讓他覺得可疑的事情吧。照理來說，謝爾蓋總不能直接跟那些雜工交談，因此像萊莎這樣沒有任何心機，也沒有人際關係方面糾葛，而且又聰明的小孩子眼見耳聞的事情，對他來講想必是難能可貴的情報來源。

感覺心情有點複雜耶。祖父大人會這麼自然而然地利用純真的孩子啊……畢竟生來就是要指示別人的立場嘛。不過才二十三歲，竟然便能若無其事地這麼做啊。

萊莎感到有些意外地睜大雙眼，接著輕聲地笑了笑。

「您是在顧慮孩子的心情嗎？真的很溫柔……那個阿列克謝閣下會如此珍視大小姐，便是因為這樣吧。一如我所耳聞的，您確實是位聰慧之人。當時謝爾蓋公所做之事，以要成為公爵的人物來說是很自然的。像我這種人，光是能幫上忙，就覺得欣喜不已了。而且，您果然與謝爾蓋公十分相似。那一位也是善待年紀尚幼的我到難以置信的程度。」

『萊莎，妳想學習讀書寫字是嗎？』

『是的！如果我能寫信，就更能幫上您的忙了……但是，這對我這種人來說，應該太過奢侈了吧。』

在謝爾蓋身旁的萊莎垂下頭去。她看著自己的手，全是乾裂的傷痕。即使如此，有東西可以吃，有床可以睡的自己，還是相當幸運了。

自從來到尤爾諾瓦城，已經過了幾個月的時間，萊莎已習慣了這個環境以及工作內容。雖然跟謝爾蓋之間的交流要保密，但她心裡也覺得自豪，直到現在也認為自己確實是個幸福的人。儘管內心這麼想，終究還是漸漸萌生了不想就這樣度過一生的希冀。

『妳是個聰明的孩子。而且做事一心一意地，總是非常拚命。跟妳說話時，我覺得很開心喔。』

這麼說著的謝爾蓋，在兩人下一次見面時，更是語出驚人。

『萊莎，妳要不要離開城堡，到我朋友家當他們的孩子呢？』

有戶代代都培育出尤爾諾瓦騎士團騎士的人家，他們兩個兒子都成為騎士，卻也都在尚未結婚時就殉職了。意志消沉的雙親一度覺得乾脆就這樣讓這個家絕後算了，但還是覺得很寂寞，因此想收個女孩來養育。如果是男孩，無論如何就是會養育成足以擔任騎士的人，但如果是女孩，只要招贅一個女婿便能一直陪伴在身邊了吧。

『但是，我辦不到的，一定會讓他們感到失望。』

既然是騎士輩出的家世，不可能會想收養自己這種孩子。配得上他們家身分地位的養子多的是，沒必要選擇一個從貧窮鄉下村莊來的小孩。

然而，謝爾蓋露出微笑。

『不過，他們就是想收養妳喔。而且，我也希望妳能成為他們家的孩子。然後認真念書，學習各種事情，並再以不一樣的立場回到這座城堡工作。一旦有妳在，我也會覺得放心許多。』

「於是，我就成為養女了。」

「……萊莎真的很仰慕祖父大人呢。」

一句「於是」就果斷做出決定了。

八歲的萊莎所說的話確實沒錯。雖然在尤爾諾瓦公爵領地來說，騎士身分不會承襲給下一代，但也是存在著身為騎士的父親自己鍛鍊培育兒子，造就實質上世世代代騎士輩出的家世。雖然沒有特權待遇，一樣是通過入團試驗並成為騎士，但本來就想將孩子培育成騎士的話，說穿了還是十分有利的成長環境。

這樣的家族會被視為名家，受到僅次於貴族的待遇，因此希望這樣代代輩出騎士的家族會希望一個雜工成為自己家的養女，確實有點不太可能。甚至該懷疑會不會是詐欺的程度。

然而祖父大人一說希望她能這樣做，就一口答應下來了啊。

「他們會希望收我為養女，也是其來有自。雖然那其實像謝爾蓋公安排好的就是了……大小姐，您知道那個理由是什麼嗎？」

「祖父大人安排好的……理由？」

咦~~是為什麼啊?

是讓那對養父母認為萊莎是祖父大人看上的人嗎?既然時不時便會在庭院交談,即使當事人再怎麼保密,還是會被其他人看見吧。公爵家的嫡子跟一個雜工頻繁地見面,怎麼想都很奇怪。

如果萊莎當時年紀再大一點,可能還會被謠傳成身分差異太大的戀人。但八歲的話,再怎麼說也不太可能……

啊。

「祖父大人……是將萊莎『當年紀差距很大的妹妹』一般疼愛嗎?」

「您能理解啊。謝爾蓋公營造出我說不定是他父親大人的私生子的可能性。當然這是完全不可能的事,但要是被人說到不該與身分差距太大的人來往,這也是個便利的藉口吧。」

祖父大人,這種謊話確實是很方便,但曾祖父大人也被牽連過頭了吧!

啊,不過艾札克叔公大人是庶子,所以曾祖父大人也有娶妾吧。或許很難斷言沒有這樣的可能性……

「當謝爾蓋公提起要讓我成為養女的事情時,養父母似乎覺得在身分差距這麼大的情況下,還提出這樣的意見,該不會是因為我的出身背景藏有什麼祕密吧。儘管覺得難以置信，但總不能放著說不定有這個可能性的孩子不管，因此就表示希望能夠收養我。當我得知這個誤會時感到非常驚訝，也明確地對養父母否定了這件事，但他們還是就此收我當作養女了。他們說，因為我的個性跟過世的兒子們很像。」

祖父大人……想必是很了解過世的騎士們。既然他們當時都尚未結婚，應該還很年輕才對，說不定跟祖父大人的年紀相仿，何況父親也是騎士，因此大致上掌握了他們的個性，才會想說只要將相像的萊莎介紹給那對養父母，事情應該便能順利發展下去了。

雖然不是打從一開始就全是刻意安排好的……但好一個策士！

「接受以讀書寫字為首的教育，也學習了舉止禮儀後，我在十四歲時再次進到尤爾諾瓦城工作。身分是女僕。當時謝爾蓋公已經繼承公爵爵位了。那個時候，我疑似是前代私生子的事情，已經成了公開的祕密。關於這件事，我謹慎地秉持著不肯定也沒有否定的態度。因為，謝爾蓋公是為了保護我才會這麼做的。」

喔……是為了應付老太婆吧，我懂。

因為她好像也對在薔薇園工作的園丁說過「身分低下者不准出現在高貴的我的視野中」這種鬼話，並將人家趕走的樣子。如果被她看見原本是雜工的女僕，還真不知道會被說些什麼。所以是為了不讓萊莎受到這樣的對待。

二十三歲與萊莎相遇時，應該就已經跟那個人結婚了吧。祖父大人……可憐哪。究竟是怎樣的因果，才會跟那個人結婚啊？是一對個性幾乎相反的夫婦呢。

「不只是公爵的工作，謝爾蓋公更要處理國家的公務，顯得相當忙碌，也一直在皇都及公爵領地間往返。艾札克大人也是，為了追求學問，在整個皇國四處進行各種調查，因此我這個女僕比起端托盤，主要的工作反而是寫信聯絡各方，為那兩位進行各種安排。」

與其說是女僕，更接近祕書呢。

不知道是不是從那時便有戴眼鏡了呢？知性美人祕書。好萌啊～

「而且這個時候，謝爾蓋公也會託我做各種奇怪的事情……那是一段每天都暈頭轉向，卻很開心的時光。但我在十八歲時結婚，為了養育孩子而離開了城堡。」

畢竟祖父大人的興趣是當貴族媒人，會不會若無其事地介紹了他相中的男人給萊莎認識呢？

年紀大上十五歲的祖父大人，以及大上十歲的艾札克叔公大人。她是不是也曾仰慕過他們呢……但畢竟表面上是未經公認的妹妹，或許也不能怎麼樣吧。

「後來我依舊時不時有機會便會回到城堡幫忙，直到養父母都雙雙辭世，便來問我要不要再回到城堡工作。那大概是十年前左右的事情。待在城堡裡的是老夫人以及亞歷山大大人，我盡可能低調地一邊在當時的女管家底下幫忙工作，一邊回報城堡的狀況。做著做著，謝爾蓋公便辭世……」

忽然間，萊莎的話聲中斷了。不過，她很快又繼續說了下去。

「換到亞歷山大公那一代後，女管家換成一個說是從其他家介紹過來的人，不久後，我就無法進出城堡了。」

其他家介紹的……

這樣啊，在老爸的時代，萊莎小姐是被排除在外的啊。

「然而，差不多就在五個月前，好像因為那個女管家不在了，管家諾華拉斯先生便來問我要不要擔任女管家。」

啊！除了前財務長以外，還有其他人失蹤！

前任女管家果然是瑪格那派過來，並主導那些違法行為的。也就是兄長大人說過的，已經排除的幾個中心人物之一。

這麼說來，以女管家這個立場來說，管理食材及物品是其工作之一。想掩飾貪汙行徑，就必須確保這個職務吧。好像是維多利亞時代的英國吧，有聽說過女管家手上會有收納食材及貴重物品的房間鑰匙，因此那串鑰匙也被視作權威的象徵。

「因此，就女管家來說，我還是個新人。這次的慶宴是我第一次接觸的大型工作。」

「但我覺得妳做得很熟練呀。」

「因為在謝爾蓋公那時，女管家也相當高齡了，我便漸漸分擔她的工作。」

所以當初萊莎小姐應該會成為下一任女管家才對。會被排除在外也是無可厚非。

「真是可靠。畢竟，我才真的是新來的女主人嘛。」

葉卡堤琳娜跟萊莎互看了一眼，相視而笑。

然而，萊莎的雙眼垂了下來。

「……沒能替您母親大人以及大小姐幫上忙，我深感抱歉。」

葉卡堤琳娜搖了搖頭。

「這不是萊莎的錯。」

她將孩子養大並送別養父母，再回來工作的時期是十年前。但當時我跟母親大人早已在別館生活了，萊莎小姐也是無能為力。

「祖父大人給兄長大人留下一大批優秀的人才。但是，原來也給我留下了萊莎呢。我從來沒有見過祖父大人，但透過萊莎，總覺得就牽繫起我跟祖父大人之間的關係，讓我感到很開心。」

「……大小姐果真和謝爾蓋公很相似呢。跟那位大人一樣，會對我說出令人動容的話。在我人生中聽過的所有話語當中，第三令我高興的，便是謝爾蓋公對我說的話。」

我總覺得能猜出是哪一句話。

『萊莎，真高興能見到妳。有時間可以聊一下嗎？』

「哎呀，是排行第三呀。可以問問第一跟第二是什麼嗎？」

葉卡堤琳娜帶點玩笑語氣地這麼一說，萊莎也莞爾一笑。

「最令我高興的，是兒子第一次開口說的話。喊了一聲『馬麻』。」

「這樣啊！那祖父大人確實比不上呢。第二又是什麼呢？」

「第二則是……」

說到一半，萊莎突然輕咳了兩聲。

「是祕密。」

這麼說著，萊莎的臉頰上泛起了淡淡的緋紅。

呃，我猜啦。

看來她的家庭夫婦關係圓滿呢。

那天早上，葉卡堤琳娜緊緊抱著蕾吉娜，誠心地道謝。

「謝謝妳，蕾吉娜。多虧有妳，真的幫了我很多喔。」

蕾吉娜猛搖著蓬鬆柔軟的尾巴，用大大的頭蹭了過來。

鬆鬆軟軟的鬃毛太棒啦！這就是動物療法，好療癒啊～

但今天就要跟牠分離了。

「回到妳的族群裡，好好休息一下吧。」

摸了摸牠的鼻頭並這麼說了之後，蕾吉娜露出成排的獠牙，表情看起來像是在笑。

「萊莎，帶蕾吉娜回去狗屋吧。」

「好的，請交給我。」

萊莎點了點頭。看樣子長年往來尤爾諾瓦城的她，並不會對體型巨大的獵犬感到懼怕。畢竟祖父也有中意的首領犬，可能是習慣了吧。

萊莎會來到葉卡堤琳娜的房間，主要是將從保管貴重物品的金庫拿出來的東西送過來。那個擺在她身旁桌子上的扁平盒子裡，正散發出璀璨的光輝。

那是鑲滿了藍寶石跟鑽石的耳環及項鍊。

說到作為項鍊中心墜飾的長方形藍寶石有多大，似乎是長五公分，寬三公分的樣子。在環繞脖子的鍊子部分，更是連接了好幾個直徑兩公分左右的藍寶石。而且這些全都有小顆的鑽石圍繞四周，再以耀眼的黃金鎖頭扣在一起。

這似乎是尤爾諾瓦公爵家的傳家寶之一……皇都公爵宅邸裡也有代代相傳的藍寶石耳環及髮飾，再次讓人體會到延續四百年的公爵家太厲害了。

換作上輩子的話，感覺會有這種東西的，就只有英國王室而已了。我就連這價值多少都難以想像。只能說金額單位肯定是億吧。

一想到自己竟然要戴上這種東西……咿──！

「今天從一早開始就很忙碌了吧。這樣占用妳的時間，真是抱歉了。」

「不會，這是我的工作。管理珠寶飾品，並送來給尤爾諾瓦的女主人，是女管家的職責。」

萊莎這麼說著，看向房間的深處。

在她眼前，正擺著穿上禮服的人體模型。終於來到可以從服裝間裡拿出來的這一天了。

因此，蕾吉娜才非得離開。不然禮服可能會不小心沾染上蓬鬆的毛。

「多美的禮服呀。大小姐穿起來，想必十分適合吧。」

「謝謝。這還是我第一次出席正式的派對。為了不讓兄長大人丟臉，得繃緊神經才行。」

沒錯，今晚就是慶宴了。為了慶祝尤爾諾瓦公爵阿列克謝繼承爵位。更重要的是為了讓他最愛的妹妹葉卡堤琳娜首次在公爵領地亮相，盛大舉辦的晚宴之日。

一般來說，貴族千金通常會在進入魔法學園就讀之前，便會先在社交界亮相的樣子。但我畢竟是曾遭軟禁又一段時間閉門不出之身。跟那些出席派對的人，幾乎都是第一次見面。

而上輩子的我，當然跟正式派對這種事情扯不上任何關係。

雖然事到如今了，但我覺得有點退縮。這跟接待皇室一家的行幸感覺又不太一樣。總之，只能硬著頭皮上了。

萊莎淺淺一笑。

「既然是第一次，您只要懷著即使失敗也理所當然，用豁達的心情去面對就好了。有時多少受人輕視，往後反而會更輕鬆。」

「有妳的鼓勵，讓我覺得很開心。也是呢，今晚我只要待在兄長大人身邊，專注地想

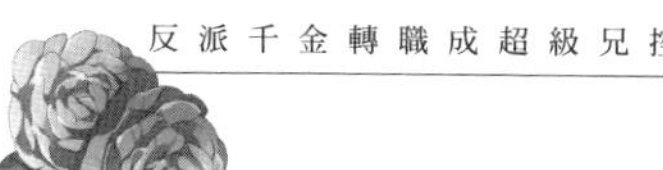

著向各位打招呼就好了。」

沒錯，兄長大人的身邊。

這才是重點呢。嗯，總之，就盡全力打扮漂亮吧。只要想著這點就好了。

畢竟我的職責是在這場正式的派對上，擔任主角兄長大人的女伴！怎能不拿出幹勁來呢！雖然珠寶實在太貴重，讓我有點退縮，但即使是傳家寶我也要毫不顧慮地拿來用。

就盡量不要去思考參加者的事情吧。不好意思。畢竟我是兄控嘛！總之，就朝著讓兄長大人覺得我很漂亮的方向努力吧！

雖然真正要努力的人是米娜啦。會協助我穿上禮服還會編髮的戰鬥女僕……米娜的技能有夠多樣化，令人欽佩不已。

慶宴是從傍晚開始。

現在這個季節，夏日陽光還很明亮，現在才總算開始有黃昏時分的感覺。

位在北都中心的尤爾諾瓦城，傭人們都專心致志地準備這場宴席。廚房裡的廚師們將所有爐灶都起了火，孜孜不倦地埋首於料理，園丁們都連忙環繞著庭院點亮燈火。有人正將磨得光亮的銀製器皿等餐具擺到提供料理的桌子上，有人則是將紅酒從酒窖中拿出來。

大家都一邊注意著時間，忙得不可開交。

到了這個時刻，尤爾諾瓦公爵為了與妹妹相伴，便造訪了葉卡堤琳娜的房間。

敲響了房間的門。

「大小姐，請問您準備好了嗎？」

隨之聽見的是侍從伊凡的聲音。女僕米娜立刻走向門邊，敞開了房門。

「準備工作已經完成了。請進。」

伊凡往旁邊退開一步，讓高挑的阿列克謝走進房間。

接著，他驚訝地停下腳步。

那雙螢光藍的眼睛睜大開來，葉卡堤琳娜則是對著無語地看著自己的兄長投以微笑。

「兄長大人，謝謝你前來接我。」

真可謂一朵名花。

這次的禮服是魚尾線條。雖然線條纖細，但在設計要點都添上華美的摺邊。色彩基本上是闇夜色的天上之青，但做出了彷彿暮黃天空般從明亮到昏暗的漸層色，讓整體更加美麗。

貼身的裙子從膝蓋那邊開始向外擴散開來，延續到腳邊的青色漸層越來越深沉。整個在膝下擴散開的部分，看起來像是花瓣的形狀。

而上半身的設計則是更加華美，強調著纖細的腰部，青色越是向上就越是深沉。領口有著大大小小的摺邊層層相疊，讓人聯想到正好花開的薔薇花瓣。胸前的切口很細卻很深，還以為會看見豐滿雙峰之間的線條，見到的卻是豪奢的藍寶石項鍊所散發出的光輝。即使如此，摺邊的花芯之間可以看見葉卡堤琳娜白潤的脖子及白皙的鎖骨，保留著高雅品格卻相當誘人。戴在耳邊的耳環，也散發出耀眼的光輝。

雖然衣袖同為闇夜色，卻是透膚的材質。從那布料之中透出葉卡堤琳娜白皙的肌膚，反而讓人不禁聚焦於此，透得恰到好處。

豐沛的一頭藍髮以複雜的髮型盤上綁起，這也讓人聯想到薔薇。而且在那頭髮上，更綴飾了一朵真正的藍薔薇。雖然只要仔細一看，便會發現那是玻璃製的髮飾，但造型實在太過逼真，比起高價的珠寶更加引人注目。這朵藍薔薇，讓葉卡堤琳娜這身服裝完整呈現出薔薇的形象，讓她看起來像是一朵鮮花。

總算是在時限前完成準備了！應該說是米娜讓我趕上了。整個從早準備到剛剛。可能是行幸那時的禮服設計比較簡潔，準備起來不至於這麼辛苦。還有，重點就是這個髮型啊～～要綁成這樣超費時的。因為設計師卡蜜拉小姐堅持地指定「絕對要搭配這個髮型！」……即使是米娜也無法自己一個人完成，因此又找了兩位女僕來幫忙。

原來女性在準備上真的很費時呢。這樣說來，搞不好上輩子的我並非女人，平常都只花個十分鐘，了不起十五分鐘便能準備出門了。

但有花上好幾個小時打扮真是太好了。因為今天的兄長大人，帥氣程度更勝以往！

平常的服裝多是以白色為主，但今天穿的是公爵領地的領主正裝，是以黑色為主色調的雅緻服裝。這穿在他身上也是相當適合……像兄長大人這樣的帥哥而且身材又好，無論穿什麼都好看，但今天這身打扮甚至讓人覺得有點氣焰非凡。

「葉卡提琳娜。」

因為阿列克謝伸出了雙手，葉卡提琳娜便走向兄長，將手交付在那雙手上。

「我的藍薔薇。」

阿列克謝恭敬誠心地親吻著妹妹的指尖。

「妳是多麼美麗。那麼多人想種出藍薔薇，卻都難以成就也是無可厚非。既然如此美麗，應該會在花開的瞬間就昇至天界的花園了吧。沒想到夢幻的藍薔薇竟會自己走向我，並確實觸碰到這雙手。這讓我的心撼動不已。我的葉卡提琳娜。我的女神。」

阿列克謝以近乎虔誠的動作，輕輕觸碰了葉卡提琳娜的臉頰，並眼帶苦悶地直直望著。

「我只有一個願望。希望妳別在太陽高掛之際出到外頭。就像陛下說的，就連太陽都

會為妳著迷，不禁下凡將妳奪走吧。一定就連諸神都會無可自拔地索求這朵藍薔薇。」

「哎呀……兄長大人……」

今天也是妹控滿分呢！

而且今天的華麗詞藻技能也是這麼犀利。頒發金牌啦！不管是國民榮譽獎還是什麼統統都想頒給你。雖然只限定在只有我居住的兄控國裡就是了。

「我一點也不想昇天呢。留在這片土地上，兄長大人便會像這樣牽著我的手。唯有待在兄長大人身邊，才是讓我最感幸福的事。」

「謝謝──我真的非常幸福。」

阿列克謝勾起了微笑。

「每當宴席時總是只會讓我感到憂鬱，但我現在心中開始產生期待了。大家想必都會讚嘆於妳的美麗吧。我甚至想趕緊看到那樣的光景。」

尤爾諾瓦城上空綻放了宣告宴會開始的煙火。

待在城堡周遭的領都的人們，都無意間停下手邊的動作，抬頭看向煙火。天空現在還很明亮，讓煙火徒留了聲音及煙霧而已，但大家依舊揚起了一陣歡呼。

「慶宴開始了呢。」

「是啊，辦得好盛大。」

看著城堡，人們交換著這樣的感想。一臉喜形於色的商人，應該正是提供了宴會食材等東西的人吧。

「新的公爵大人雖然年紀輕輕的，卻很明理呢。會光顧認真在經營的商會，並把錢留在當地。就像謝爾蓋公那時一樣。」

「真的是太好了啊。謝爾蓋公辭世後，城裡的工作就給不知道打哪來的傢伙全部包攬走了，那時還很苦惱地想著未來該如何是好呢。」

感慨地說出口的話，是許多領都的商人內心真正的想法。雖然他們也無從得知那是大規模貪汙所造成的影響。

「不知道公爵大人之後會不會一直待在這裡呢。畢竟好像帶了一位美麗的夫人回來。」

這也是領都內最多人在謠傳的事情。

「不，那位是妹妹的樣子。雖然是如假包換的尤爾諾瓦公主大人，但好像一直被關在某個地方。身世這麼可憐，也難怪公爵大人會那麼疼惜了。」

聽了這番話，許多人都不禁費解地歪過了頭。

「咦？我聽說那兩位是感情很好的夫婦耶。」

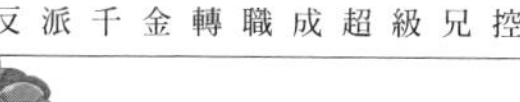

「不，是兄妹啦。我是直接跑去問城堡的傭人，錯不了的。」

「但親眼看過那兩位的人，都說是很相配的夫婦喔。」

「不是啦。」

這一晚，很常聽見這樣的對話。

尤爾諾瓦城的大廳堂。

兩個巨大的水晶吊燈已經點亮，映照出室內金碧輝煌的裝飾，以及牆上巨大的繪畫。中間還有一個是從會發光的石頭，也就是虹石當中，挑選了光輝格外耀眼的製成的水晶吊燈，照耀著人們。這是由第五代公爵瓦希里聘請的發明家製作出來，尤爾諾瓦家引以為傲的，會自己發光的燈火。就連在皇城也沒有這麼大又這麼明亮的東西。

城堡裡已經聚集了許多賓客，身穿精美禮服的貴顯淑女們都言談甚歡。分發飲品的服務生穿梭其間，讓人搭配擺盤美麗，既奢華又講究的料理。

但是，宴會尚未正式開始。因為派對的主角公爵阿列克謝，以及他的女伴，也就是妹妹葉卡堤琳娜都尚未現身。

樂師們抱著樂器在大廳堂的一隅待命。在他們開始演奏音樂的同時，公爵也會現身於此，這是尤爾諾瓦家晚宴的規矩。

這時，那些樂師們接收到管家的暗號，架起了樂器。賓客們聽見開始演奏的樂聲，都不禁為之屏息。

接著便看向大廳間連接到樓上的大階梯。

就在這時，身穿尤爾諾瓦公爵正裝的一身黑衣，顯得威儀凜然的公爵，以及猶如將窗外那片夜空穿在身上一般禮服的貴婦人，便出現在階梯上方。看見容貌美麗的兩人現身，人們便揚起了雷動歡聲。

塞滿大廳間的人們一起發出的歡呼，讓葉卡提琳娜不禁加重了手攀著兄長右臂的力道。

哇——嚇我一跳！

我從來不知道，原來這麼多人一起發出聲音，會形成感覺像是「咚轟！」的衝擊波。

還有眼前這個大階梯。我看是好萊塢古典名作電影中亂世什麼佳人的那個，還是少女歌劇團的終曲吧。竟然要在眾目睽睽之中，走下這個階梯……這是何等精神試煉。

「葉卡提琳娜，妳沒事吧？」

阿列克謝的左手像要包覆住一般握著葉卡提琳娜的手。

「是的，兄長大人。我只是感到有點驚訝而已。」

「妳不用勉強自己也沒關係。要是身體覺得不舒服，就要立刻告訴我。」

啊，體弱設定依然有效啊。我太自然地忘記這件事了，對不起。

「無論眼前有多少賓客，我都沒問題的。兄長大人就陪伴在我身邊嘛，讓我感到很安心。」

「……這樣啊。」

妹妹的一番話，讓阿列克謝一雙螢光藍的眼睛柔和了不少。

「眼前這些人，全是領地內的民眾。都是妳的臣民。妳不用顧慮太多，儘管做出身為女王的舉止便行了。」

「兄長大人也真是的。領主是兄長大人，因此我也是兄長大人的臣子呀。」

「我才是妳的下僕啊，我的女王。」

糟糕，讓他說出口了啦。

不過呢，反正陪在我身邊的是兄長大人，即使要在眾目睽睽之中走下大階梯也沒什麼好怕的。因為我的兄長大人，可是比好萊塢巨星、比少女歌劇團的第一主角都更帥氣呢！

看著兄妹倆親密地相伴彼此走下大階梯的身影，讓人們不禁發出嘆息及感慨的聲音。

他們大多人都是以前就認識公爵家的嫡子阿列克謝・尤爾諾瓦。話說如此，自從前公爵亞歷山大繼承爵位以來，這個尤爾諾瓦城就沒再舉辦過像這樣的宴會了。在父親、祖母、母親接連的葬禮之中，阿列克謝都忙於跟上位貴族應對，很少人看見他的身影。何況阿列克謝也不喜歡社交，因此在他們的記憶中，認為他還是那個聰慧程度不輸給大人的小孩。

然而現在的他，看起來比十八歲這個年紀更加沉穩，也成長為一個端正凜然的美青年了。穿在高挑的身材上，那身以黑色為主色調的公爵正裝，正是作為君主凌駕於聚集在此所有人之上的存在證明。他傲視階梯下人們的冷漠表情，散發出不容許人蔑視他只是個年輕人的威嚴。

然而當他看向身旁的妹妹時，一改面無表情，神色柔和了許多。

這樣的變化，對於越是熟知阿列克謝的人來說，就越感意外的樣子，可以看見許多不禁啞然的青年，以及臉紅起來的千金們。

相對地，任誰也不認識葉卡堤琳娜。在此的所有人幾乎都是第一次見到她。

長年遭到軟禁，不諳世事的千金。從來沒有在社交界現身過，甚至沒有受到妥當的教育。根據這些情報，讓許多人以為可能是位無法做出貴族千金應有舉止的無知少女吧。

然而現身於此的葉卡堤琳娜，身上穿著比任何一位北都的貴族女性都更加洗鍊的禮

服，舉手投足都很優雅。貼身的禮服將肌膚裸露的部分控制在最低限度而且設計高雅，但充滿女人味的曲線，還是讓她的好身材表露無遺，散發出說不上的魅惑感。禮服設計的形象很明顯是出自象徵尤爾諾瓦公爵家的藍薔薇，就像在向所有人宣示她正是繼承四百年歷史的正統嫡系的子孫。

看起來比十五歲這個年紀更加成熟，甚至能看出堅強意志的美貌，即使跟兄長阿列克謝並列，何止毫不遜色，相乘作用之下更展現出讓人難以親近的風範。

這位美女才第一次在社交界亮相而已，還不屬於任何人。是以最高名譽及財力為傲的，尤爾諾瓦的公主。

跟葉卡堤琳娜年紀相仿的那些年輕人，會因此心懷雀躍也是無可厚非吧。

不知道是誰率先送上了掌聲。

那在轉瞬間擴散開來，整個大廳堂的所有人都以雷動的掌聲恭迎兄妹倆。

——宴會就此展開。

人們都對著彼此投以微笑。而在葉卡堤琳娜視線的一隅，看見了有一群人正待在那個跟大階梯隔了一點距離的地方。他們沒有跟大家一起鼓掌，還用帶著敵意的視線看著兄妹倆。

諾華岱恩伯爵及其女兒齊菈也混在那群人當中。

齊菈小姐啊，今天也是綁緊緊，招牌螺旋捲。

啊，感覺好像一句川柳。

葉卡堤琳娜差點就笑了出來。

看見那從容的笑，讓齊菈更是怒目橫眉的，然而葉卡堤琳娜的視線已經轉向其他地方。

阿列克謝的左右手諾華克、礦山長艾倫，以及森林農業長弗利等，常齊聚在學園辦公室的幹部們。他們都面帶笑容等著阿列克謝及葉卡堤琳娜。

大家都在。更重要的是，兄長大人也在身邊。

螺旋捲小妹妹跟老爸的跟班們。像你們這種人，一點也不可怕。

就繼承爵位的慶宴慣例來說，公爵要駐足於大階梯前的平台，感謝所有前來祝福的人。

阿列克謝當然也停下腳步，環視著聚集在大廳堂的每個人。挺直的背脊讓他高挑的身形看起來更高大，人們像是被那道宛如會自行散發光輝的螢光藍眼神震懾得陷入一片寂靜。

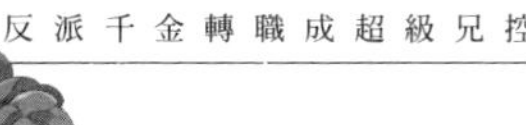

樂團也停下演奏，四下陷入一陣沉默。

「首先，感謝各位在這一天相聚於此。」

好聽又響亮的聲音，環繞了整個大廳堂。

「我阿列克謝．尤爾諾瓦，繼承了尤爾諾瓦的公爵爵位。雖然還有諸多不足之處，但為了尤爾諾瓦領地的安定與發展，我不惜捨身也會致力處理公務，並奮鬥下去。」

他的眼神盯著會場上的部分人士，眼神的光輝瞬間更顯銳利。

但很快地就回到沉著又冷靜的神色。

「……期待各位未來與我共同努力。」

接下來，要向各位介紹與我一起繼承尤爾諾瓦的人。」

眼神看向一旁時，阿列克謝的表情一變，帶著溫柔的微笑，牽起葉卡堤琳娜的手。

「這是我的妹妹，葉卡堤琳娜．尤爾諾瓦。由於長年與母親一同靜養，這還是第一次現身於各位面前。」

阿列克謝高舉起葉卡堤琳娜的手。

當葉卡堤琳娜勾起微笑，整個大廳堂便歡聲雷動。

「往後這位聰明的妹妹將會支持著我，在尤爾諾瓦的治理方面成為我的助力。所有與尤爾諾瓦相關聯者，都要給予葉卡堤琳娜妥當的敬意。」

堂。

當阿列克謝說完這番話，在場的人便一齊喊著「遵命！」掌聲再次環繞在整個大廳堂。

——真不愧是兄長大人。

真是簡潔又確實，而且還很妹控的一番發言。

這種感覺讓我回想起魔法學園的入學典禮。那個時候，他也是一個眼神就讓全校學生陷入一片寂靜。

那個時候我是在台下的聽眾，但像這樣站在他身邊看著大家的反應，便能再次體認到兄長大人有多厲害。面對多到足以占滿這麼寬闊的大廳堂的人，卻一點也不退縮。豈止如此，兄長大人的氣魄甚至壓過了大家。

而且，站在跟兄長大人一樣的地方，我才第一次知道只要像這樣面對群眾，大家的情感多多少少也會傳達過來。即使這麼多張臉上浮現的都是笑容，但像是因為兄長大人的話而緊繃並隨之產生的緊張感，或是飄散出各自的期待跟欲望等情緒，我們這裡都能感受得到。

兄長大人生來便是要繼承公爵之人。

身上被加諸了總有一天會站在這個地方的命運，一直以來也被要求應該這麼做。

而我卻完全不知道站在這裡是件多麼孤獨的事情。

因為出現了我這個妹妹，兄長大人才不是獨自一人。我覺得自己終於明白，有一個可以像這樣牽著手並肩而立的人，對兄長大人來說是件非常、非常重大的轉變。

我能再次做出承諾。

絕對不會放開兄長大人的手。

雖然上輩子奔三社畜的記憶還根深蒂固，也抹滅不了「我到底在這裡做什麼啊」的想法就是了。

兄長大人還這麼年輕，就已經是個優秀的統治者，我真的不知道自己還能幫上什麼。

但我會盡全力支持著兄長大人。

因為我是兄控啊！

葉卡堤琳娜握住兄長的手。

阿列克謝也莞爾地看著妹妹，回握了她的手並低語道：

「展現練習成果的時間到嘍，葉卡堤琳娜。」

呀啊──────！

才剛立誓而已，我現在就超想逃走了。

在這麼多人的注目之下，兩人必須為這場慶宴跳開舞才行！到底是誰決定要從身分地位最高的人開始跳的，給我出來——！

完全掩飾了心中這樣的情感，葉卡堤琳娜淺淺一笑。

「很高興能跟兄長大人一起跳舞呢。」

由北都最優秀的樂師們所演奏的圓舞曲，讓所有聽見的人都心生雀躍般，輕快地流出。

公爵兄妹在大廳堂的正中央優雅地跳著舞。他們與演奏調和般優美的動作，簡直就像音樂是從他們身上流瀉而出一般。

看著時而相依，時而交換視線並翩翩轉圈舞動的美麗的兩人，人們……尤其是那些年輕人，全都為之沉迷。

一身黑衣及白皙的美貌更襯托出阿列克謝的高挑身材，讓他在舞池上更加耀眼。甚至被稱作冰薔薇這般冷漠的他，像是忘卻了平時那樣的面無表情，甚而帶著微微的笑容，溫柔地領導著妹妹的舞步。

而將身子交付給兄長的領導，婀娜地舞動著的葉卡堤琳娜，那雙澎潤的嘴唇一直掛著開心的笑。貼身的禮服並沒有阻礙到跳舞的動作，反而每當她轉身時，禮服的裙襬便會像藍薔薇的花瓣一般蕩漾。

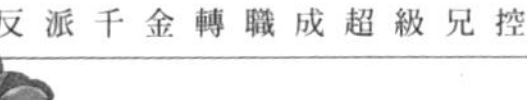

由於這件禮服的設計保守，就連這種時候也不一定能微微看見她的腳踝，然而搭配上她魅惑人心的美麗曲線，讓在場所有年輕男性的心，都無法自制地怦然不已。

對於具備舞蹈素養的人來說，應該從葉卡堤琳娜的腳步便能看出她還很不習慣。但只要知道這是她第一次跳舞，反而會對這種青澀產生好感。

冰薔薇及藍薔薇這對兄妹。

宴會上的賓客們，都不禁對尤爾諾瓦這兩朵美麗的薔薇深深著迷。

——華爾滋之類的社交舞，雖然給人一種上流社會的印象。

但在上輩子的記憶中，那邊的世界從中世紀到近代為止，其實都認為這種男女緊密貼在一起的舞蹈太不矜重而遭到禁止呢。

貴族會在正式場合跳的舞，好像是那種即使男女一組也不會抱在一起的舞蹈。呃——是叫什麼來著啊，那個啦，有首名為「悼念公主的帕凡舞曲」的古典樂曲，那個帕凡舞便是當時貴族喜愛的一種舞蹈。男女之間的接觸好像頂多只有手握在一起而已。

然而到了十九世紀，華爾滋在維也納大流行，自此就急遽地廣為流傳，才會建立起這種緊貼在一起的舞蹈就是上流社會的形象。

仔細想想，確實是滿不矜重的呢。畢竟雙手要抱著彼此的身體，還緊貼在一起嘛。

然而在這個世界，應該說就皇國來說，以這種男女一組抱在一起跳舞的舞蹈為主流的時期，比上輩子還要提早了很多。

原因就在於學生們在魔法學園都會學到！

追根究柢，是建立皇國的彼得大帝他們一族於傳統上，都會在祭典之類的場合跳這樣的舞蹈，也是大有來頭的樣子喔。但會編進課程之中，也帶有積極讓正值年華的男女們緊密貼在一起的意義。

魔法學園果然是聯誼會場！所以舞蹈就像國王遊戲那樣嗎？

為了讓具備強大魔力的男女能結合在一起，以維持並增加皇國具備魔力的人口，因此既是國家的陷阱，同時也是學園聯誼會場啊。

不過，無論是國家的陷阱或是怎樣，反正我很幸福！

在金碧輝煌的大廳堂裡，盡其所能地打扮得漂漂亮亮，跟最投我所好又帥氣的兄長大人一起跳著上流社會的舞蹈。

完全是少女夢想的集大成！雖然上輩子的我並不是會妄想著這種情境的類型，但還是會覺得喜孜孜的呢。

太幸福了！有轉生真是太好啦！

而且兄長大人看起來也很高興的樣子，這是最令我開心的事。

神啊，雖然在多神教的這個世界，我也不知道究竟是哪一位神明大人進行這樣的分配，總之神啊，感激不盡！

儘管葉卡堤琳娜在腦中一隅想著這種事情。

但那伴隨音樂翩翩起舞的樣子，還是優雅到令人難以想像。

「妳跳得很好，葉卡堤琳娜。」

阿列克謝用溫柔的笑容這麼輕聲低語。

「都是多虧兄長大人陪我練習了那麼多次。」

微微一笑，葉卡堤琳娜這麼答道。

會這麼說並非謙遜，而是千真萬確的事實。畢竟阿列克謝自從回到尤爾諾瓦城後，每天都會在處理繁忙的公務之中，抽出時間陪葉卡堤琳娜練習舞蹈。

而且每天練習時，他們會告訴彼此各式各樣的事情，因此也成了一段溝通的時間。在跟萊莎聊過後，也是在隔天練習時和阿列克謝分享了關於她的事。

想練習舞蹈，也必須要有樂師。雖然沒有音樂伴奏倒不至於不能跳舞，但堂堂尤爾諾瓦公爵家，不但自擁樂師，如果是為了公爵和公妹，也隨時都能演奏。

這樣也能放心地在樂聲之中，談論一些不想被別人聽見的事情。

……這讓葉卡提琳娜感慨地想著，掌權者還真是辛苦。

阿列克謝當然是早已完美地學會了舞蹈。畢竟舞蹈是要由男性領導女性，一旦阿列克謝技巧高明地領導，即使葉卡提琳娜只是臨時抱佛腳，也能跳得很美麗。

話雖如此，也是多虧了葉卡提琳娜努力不懈地練習、敏銳的直覺，以及與生俱來的優美舉止，才能跳出令人為之著迷的舞步。

而且當她還小時，母親安娜史塔西亞也像是玩遊戲的延伸一般，教過舞蹈的基礎。身體還記得這些，也是一大助力。母親示範的舞步跳起來彷彿蝴蝶般美麗，這讓年幼的葉卡提琳娜拚盡全力地模仿著她的動作。母親總是會稱讚這樣的自己很可愛。

對阿列克謝說到這段記憶時，他不發一語地緊緊抱住葉卡提琳娜好一段時間。

圓舞曲結束了。

兄妹倆最後互相行了一禮。在這處大廳堂，不，即使是放眼這片尤爾諾瓦領地，除此之外也沒有其他兩人該低頭致意的對象了。

周遭的人們都為他們獻上歡呼，並再次鼓掌喝采。

公爵兄妹離開了舞池後，幾組牽著手的男女取而代之地進到舞池，樂師們也開始演奏起新的曲子。

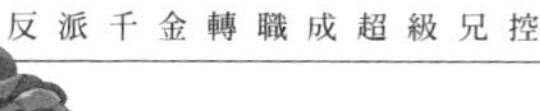

但開始跳舞的人並不多，更多的是人們紛紛爭先恐後地圍繞在阿列克謝跟葉卡提琳娜身邊。

為了跟尤爾諾瓦公爵攀上關係而想來打招呼的人們，還有——為了向葉卡提琳娜邀舞的青年們、希望阿列克謝能向自己邀舞的千金們，以及想向他們介紹自己兒女的父母們。

然而他們都不會直接跟兩人說話。只是用飽含熱情的視線盯著兩人，努力地在不發一語的狀況下，希望他們能跟自己攀談。

——基本上是不能主動向身分地位比自己高的人講話的。應該要等對方跟自己攀談。

雖然第一次得知有這種禮儀時，我忍不住在內心盡全力吐槽了一句：「凡爾賽喔！」但現在這個狀況讓我懂了。原來是真的有這個必要！要是這些人群起爭先恐後地過來攀談，現場便會一片混亂了。甚至會讓人感受到生命危險的程度。

這終究只是一種禮儀，並非規定，如果是親近的對象就沒關係，時而也會因應各種狀況而調整就是了。但以現在這種情形來說，要是擅自跟我們講話，那個瞬間搭話的人在社交界的評價便會跌落谷底了吧。

可見像是這種禮儀，都是其來有自的呢。上輩子也聽說過少女歌劇團的粉絲在等待演員進出劇場時，也有著一番鐵則，看來真的很重要。

不過，上位貴族並非單純將這種禮儀當作一種優越的表徵，而是拿來活用以建立自己期望中的體制。

「諾華克。」

阿列克謝一聲招呼，原本環繞在公爵兄妹身邊的那些人立刻做出反應，為了尤爾諾瓦公爵的親信諾華克子爵讓開道路。

護行著妻子現身的諾華克，朝阿列克謝行了一禮。

「再次給您送上慶賀，閣下。」

「事到如今聽你這樣說也很奇怪呢。」

阿列克謝輕笑了一聲。自從繼承了爵位後，諾華克幾乎每天都陪在他身邊，真的是親信中的親信，他這樣說也是沒有錯。

而且這句話也是為了讓人們知道，對尤爾諾瓦公爵來說，諾華克是多麼親近的存在。由於阿列克謝還是學生，因此諾華克也跟著在皇都的魔法學園裡處理公務，至今尚未受到領地內的人多大的注目，但從此以後，也會有人聚集到諾華克的身邊，拜託他代為轉達事情給公爵吧。久而久之他自己也會具備影響力，並為公爵領地的治理提供更多貢獻。尤爾諾瓦領地的勢力版圖也一步步踏實地改寫中。

父親亞歷山大擔任公爵的那個年代，站在這個立場的人，應該正是諾華岱恩伯爵吧。那個男人肯定嘗過許多自此而生的甜頭。

不知道他現在是在哪裡，又懷著什麼想法，看著這些圍繞在新掌權者身邊的人們。

儘管在四周人牆的遮蔽之下看不見他的身影。

可以肯定的是，他不是會就此退讓的那種人物。

無視周遭欽羨的目光，阿列克謝跟葉卡堤琳娜與諾華克一家人歡談了一陣子。

子爵家的嫡子安德烈年約三十歲，是個眼神銳利的黑髮美男子，聽說神似他父親年輕時候的模樣。現在幾乎是他在負責經營子爵領地，總有一天會與父親一起成為阿列克謝的親信，並替他工作吧。他也具備魔法學園入學基準的魔力，回想起在學期間的事情，並緬懷地聊了許多。

另外還有諾華克的妻子，也就是子爵夫人，名為阿德莉娜。她跟葉卡堤琳娜並非第一次見面。其實，自從來到公爵領地後，兩人幾乎每天都會碰面。

「大小姐，剛才的那段舞跳得非常好喔。」

阿德莉娜夫人用溫暖的笑容對葉卡堤琳娜這麼說。

「都是多虧了夫人的指導。謝謝妳。」

沒錯，阿德莉娜在公爵領地是擔任葉卡堤琳娜的舞蹈老師。

與一臉嚴肅又可怕的諾華克相反，她是位柔和的笑容給人深刻印象的女性。她有著淡淡紫藤色的頭髮以及一雙紫藤色的眼睛，雖然不是會被稱作美人的類型，但有著討喜的氛圍。據說她從年輕時就擅長跳舞，還是子爵家的獨生女時，之所以會對當時名為鮑里斯・庫爾茲的諾華克一見鍾情，契機也是因為舞會上在祖父謝爾蓋的推薦下一起跳舞時，很喜歡他的領舞之類。

而且根據和阿德莉娜本人進行訓練的閒暇時聊到的往事所說，當時四周的人都說她是被那美男子的臉蛋騙走的笨女孩之類，有許多閒言閒語的樣子。

原因就在於鮑里斯・諾華克幾乎不具備魔力。

他是貴族庶子的兒子，出身幾乎是平民，也沒有財力。即使如此，諾華克依然有著明晰的頭腦、靠自學而來的廣泛學識，何況武術能力也還不錯，具備許多優點。

不如說他正因為沒有魔力，才想靠自己的努力出人頭地，在貧苦的生活之中勤勉學習更精進武術。對於在皇都成長的他來說，認為那些貴族如此重視在日常生活中派不上用場的魔力實在很愚蠢，更一點也不想跟貴族有什麼關聯的樣子。所以即使阿德莉娜展現出好感，諾華克也是打從一開始就漠不關心，起初似乎還擺出滿冷淡的態度。

即使如此依然僅僅鎖定諾華克並追上來的阿德莉娜，雖然外表看不出來，說不定其實具備獵人性情。

話雖如此，要是祖父謝爾蓋沒有如此賞識諾華克，而且也沒有當貴族媒人的興趣，阿

德莉娜應該也只能放棄了吧。因此阿德莉娜直到現在，似乎還是對祖父懷著深切的感謝。

何況現在，諾華克還是尤爾諾瓦公爵宗主的第一心腹。儼然成為替諾華克子爵家增添名譽的存在了。

「我們兄妹倆都受到夫人的照顧了。」

阿列克謝的口氣會這麼鄭重其事，也是因為他知道諾華克平時都忙於處理身為親信的公務，無論子爵領地的工作還是家庭上的事情，全都是丟給夫人處理。

「您這番話令我不敢當。支持本家正是分家的職責，若是丈夫有成為您的助力，我也會感到欣喜不已。」

實際上阿德莉娜也確實對丈夫說著「支持本家是分家應盡的職責，家裡的事你都不必擔心」並送他離開，自己一邊管理著子爵領地，還將一對兒女養育成優秀的人物，可說是賢妻良母的典範般的女性。

與其說不復見她年輕時那種獵人性情，或者應該說正因為是這樣的性情才有這番成就。

說穿了，夫人本來就是自家的女兒，諾華克則是入贅的女婿。即使如此，還是不會讓人覺得丈夫的立場軟弱。她對孩子們諄諄教誨，讓他們知道父親在做的是很出色的工作，並在尊敬著父親的心態下成長，實在很了不起。

以結果來看，現在諾華克在妻子面前似乎抬不起頭來了。但這不是因為身為入贅女婿的顧忌，而是基於對妻子的感謝，以及讓她這麼辛苦的罪惡感。再加上就連阿列克謝也會顧慮夫人。就某種方面來說，這或許正是女性最聰明的生存之道。

該怎麼說呢……應該可以說是一種女人的華美之道？一想到這是日積月累的忍耐及努力所造就的成果，就讓人敬佩不已。

女性這樣的生存之道，換作上輩子的自己就絕對辦不到。或許這輩子終有一天會學到一點吧。畢竟在這個世界，現在的我正值適婚年齡。說不定在從學園畢業的同時，便會嫁到別人家去了……

要嫁去哪裡，是由兄長大人做決定。既然都說不嫁到皇室了，那除此之外就不能再提出異議。

如果可以，我哪裡也不想嫁，想一直待在兄長大人身邊就是了呢。

在諾華克夫婦之後，其他親信們也都來跟我們寒暄。

其中一副學者樣貌，卻不知為何神情之中流露悲痛的，是年輕的礦山長艾倫．卡爾。

「閣下、大小姐，是我能力不足，真的非常抱歉……！」

艾倫突然間就低頭道歉，這讓阿列克謝跟葉卡提琳娜都露出費解的表情。

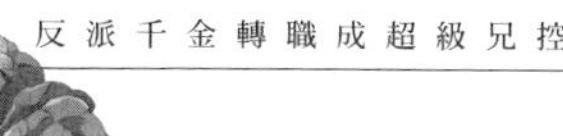

「怎麼了，艾倫？」

阿列克謝一問，艾倫便咬著牙撇開視線。

「艾札克博士……兩位的叔公大人還是無法到場。」

「……」

艾倫先生還是一樣太過熱愛叔公大人了呢……

他是窮極了礦物狂熱者之道，主動上門成為在學生時代認識的礦物學者艾札克叔公大人的助理，並因為這樣的緣分才被謝爾蓋祖父大人相中的人才，所以也可說是貫徹初衷吧。

「博士絕對沒有惡意。不但很重視閣下，也很想見見大小姐，他是真的很期待這場慶宴。只是一旦被學術方面的事情吸引過去，便會無法顧及其他而已。那絕非——」

「艾倫，你別介意。我很了解叔公大人是位什麼樣的人物。」

看著艾倫拚命打圓場，阿列克謝便揚起嘴角輕笑了一聲後這麼說。葉卡堤琳娜也是盡全力忍下差點就要偷笑出聲的情緒。

艾倫會這麼焦急也是無可厚非，畢竟原本的計畫是艾札克叔公會在這個尤爾諾瓦城裡，等著阿列克謝跟葉卡堤琳娜回到公爵領地才對。然而進城一看，豈止不見艾札克叔公的身影，就連他現在人在哪裡也沒人知道，可說是失蹤狀態。

臉色大變的艾倫四處尋找，這才發現不知為何他正窩在領地內的礦山之中，雖然有派遣使者前去傳達「請快點回來！」的消息……看來是完全被忽視的樣子。

「艾札克叔公大人真的是位相當優異的學者。對於足以逼近世界神祕的人物來說，區區一個宴會的行程，不足以讓他變心轉意也是沒辦法的事情。毋寧說，叔公大人的研究有所進展，對人類來講才是更值得欣喜的事情。」

從萊莎說的以前那些事情聽來，他似乎也是無法顧及日常生活的那種類型。不過本來很期待能見到叔公大人，感覺有點可惜就是了。

這麼說來，上輩子有機會可以去聽研究iPS細胞而榮獲諾貝爾獎的教授的演講，我也非常想去。不過比起想了解演講的內容，主要還是基於想親眼看看這個發明了說不定會改變世界的東西的厲害人物，並聽聽他所說的話這樣的跟風心理啦。然後我這個社畜那天終究還是因為工作而不能去就是了……

而在這輩子的親戚當中，竟然便有一個足以改變世界的厲害人物。一想到未來還多的是見面的機會，就覺得自己真的處在非常優渥的環境當中。

「非常感謝您的諒解。大小姐真的很明白事理。」

艾倫像是鬆了一口氣，這才換上了笑容。

「博士的口頭禪是『因為我什麼都不了解』。明明有著最聰明的頭腦，那一位真的是

既謙虛，又像孩子般純真。」

「這樣呀……」

這跟上輩子的偉人牛頓的名言有點像。「我僅僅是個在海邊撿拾石頭嬉戲的頑童。而我依然無法探索猶如海洋一般遼闊的真理」……他應該說過類似這樣的話。這麼說來兩人連名字的發音都很像。

不過牛頓的個性好像有點怪異就是了

「大小姐一定可以跟博士相談甚歡。真希望兩人可以盡早相見。」

「我也很想見見叔公大人。若是叔公大人不便回來，我甚至都想自己前去拜訪了。」

「這樣啊！您願意的話，我會伴您一起前往礦山。」

雖然艾倫面露欣喜的表情，但當他一對上阿列克謝的眼神，便抖了一下並縮了回去。

領地當中身分地位最高的阿列克謝與葉卡堤琳娜，在繼承爵位的慶宴這般公開場合當中，要跟賓客們攀談或者受他們招呼的順序，必須依照親信或領地的重要性等序列才行。期盼他們能跟自己攀談而圍在兩人身邊的人們，也都大致上知道接下來會是哪一位，並讓出一條路給對方。應該也有人是為了掌握阿列克謝這一代的領地內勢力版圖，在周遭占上一個位子的吧。

這時，圍繞周遭的人們紛紛嘈雜了起來。

「退下，這裡可不是像妳這種人可以進來的地方！」

一道尖銳的聲音響徹四下，葉卡提琳娜也不禁朝那個地方看去。

這麼喧嚷的是個不認識的女性。但那頭鮮豔的綠髮，總覺得好像有在哪裡見過。而且在那高高綁起的頭髮後面，垂著一條條螺旋捲……

「若是亞歷山德菈大人在此，還不拿出鞭子把妳這種人打出城外。曾為亞歷山德菈大人身邊最為親近的侍女，我可不准讓卑賤之人進出此地，降低尤爾諾瓦城的品格！」

我的天啊。

原來如此，以前是臭老太婆的侍女啊～而且再怎麼看她都是那個人的母親，也就是那個人的妻子，是諾華岱恩伯爵夫人啊～

臭老太婆的侍女都是這副德性嗎……真是惹人厭的職場啊～不過追根究柢，既然主人是那個傢伙，那也沒救了吧。

雖然葉卡提琳娜是覺得掃興，但不知道看在別人眼裡是什麼樣子，只見阿列克謝像是要保護住妹妹一般，伸手環抱過她纖瘦的肩膀，平靜地朝著喧鬧的中心搭話道：

「弗利翁。」

對嚷嚷的伯爵夫人置之不理，阿列克謝的親信之一，森林農業長巴爾薩札．弗利便向

前踏出一步。

跟聚集在此的那些有著白皙臉蛋，以及一雙保養得宜的手的上流階級人們相去甚遠，他的肌膚曬得黝黑，一雙手也是結實又粗糙。那張臉上滿布深刻的皺紋，卻散發出滿滿威嚴。儘管已達高齡卻還是挺直著背脊的身影，看起來就像古代武士一般帶有威風凜凜的風貌。

而與他攜手的是位身材高挑的女性。

雖然跟弗利同樣高齡，但她散發出的端莊氛圍，足以讓人感受得出昔日的美貌。肌膚的顏色幾乎跟她丈夫一樣曬成接近褐色，身體纖瘦卻結實，給人強而有力的印象。一頭長長白髮只是別上一個髮飾，並沒有綁成造型，一身奇裝異服色彩鮮豔，版型是寬鬆的帝國風格……但更像是摩洛哥那邊的傳統民族服裝卡夫坦長袍那樣，充滿異國情調。

這位女性便是弗利先生的妻子，森之民的族長！

所謂森之民是生活在公爵領地森林裡的少數民族。他們不會在某處定居，而是在森林當中四處移居，鮮少與其他人有所交流的樣子，有著各式各樣的傳說色彩。但也因為這樣而受人畏懼，也會成為遭受歧視的對象。原本是名門侯爵家三男的弗利，似乎是為了與她結婚而被老家斷絕關係。

……所以螺旋捲夫人才會在那邊嚷嚷啊。因為她是在皇國的社會階級之外的存在。

「少爺……不，閣下、大小姐。致兩位無上的恭賀。」

弗利與妻子一起行了一禮，阿列克謝也露出微笑。

「叫我少爺就好了。你是祖父大人的摯友，就這麼稱呼吧。」

「今晚就讓我稱您閣下吧。而且最近，您也變得更加可靠了，或許也不該再稱您為少爺才對。」

弗利這番話似乎讓阿列克謝感到很意外，只見他睜大了那雙螢光藍的眼睛。輕聲笑了笑後，語氣和穩地說：

「以前覺得既然是弗利翁，那也沒轍，但一聽你說再也不這麼叫了，總覺得有些寂寞。真是令人費解呢。」

弗利那張布滿深刻皺紋的臉上也露出微笑。

「正是因為您那份從容。原本緊繃的神經緩和了下來，讓您變得更加強大了。」

「……我自己也不太明白。但在你看來若是如此，大概就是多虧有女神庇護吧。」

這麼說著，阿列克謝看向身旁的妹妹淺淺一笑。

雖然驚訝地睜圓了眼，葉卡堤琳娜也對兄長回以微笑。

總覺得在領地的臣子面前展現了妹控的一面，內心總覺得對不起大家。而且弗利先生好像把兄長大人的妹控做了一個絕妙的詮釋，真是不敢當。

不過，能讓他覺得兄長大人有將原本緊繃的神經緩和下來，也讓我感到很開心。雖然說到要成為兄長大人的助力，我還遠遠不及就是了。若是真的有讓他在心情上從容一些，那我會非常高興。

「大小姐，向您介紹這位是我內人，奧蘿菈。」

聽弗利這麼說，葉卡堤琳娜的臉都亮了起來。哇～～我一直都很想跟她聊聊！

「能見到妳，讓我感到很開心。」

但在葉卡堤琳娜的話尚未說完時，一道聲音就介入打斷了。

「請等一下！」

像是擠開人群一般現身的，是那個螺旋捲夫人。

——誰准妳喊出「給我等一下」呼聲的。妳是哪來的紅鯨小姐（註：日本九〇年代的電視交友節目「ねるとん紅鯨団」的招牌呼聲）啊？

以上輩子奔三女來說，葉卡堤琳娜這個聯想可說相當老派。

也不知道葉卡堤琳娜在內心是這麼想的，螺旋捲夫人對阿列克謝使出漂亮的跪拜禮。

「閣下，作為領頭分家諾華岱恩家的一分子，我賭上性命向您諫言！還請不要自己玷汙了尤爾諾瓦公爵家四百年的歷史。那個女人是居無定所，在山中過著爬行生活的蠻族，更是不歸順於皇國秩序社會的無法之徒啊！」

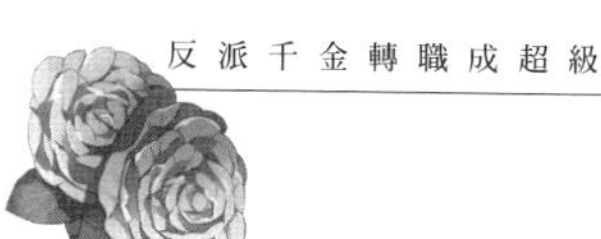

在場也確實有人點頭同意這番話。

「這裡是眾多名門之後的臣子聚集的場所。您可萬萬不得對各位置之不理，與這般身分卑賤之人交談！即使此身會受到責罰，也要守護君主的名譽，這是有幸受到亞歷山德菈大人親自教導貴族矜持的我，該盡的職責。願您聽進這番諫言！」

營造出悲壯的氛圍，諾華岱恩伯爵夫人深深低頭致意。

葉卡堤琳娜悄悄抬眼瞥向阿列克謝的雙眼，只見他用宛如冰河般凍結的眼神看著夫人。

喂，螺旋捲夫人。不喜歡社交的兄長大人，難得直到剛才還在跟弗利先生開心聊天耶。竟敢破壞整個氣氛，我饒不了妳！

妳所說的或許是這個世界的論理之一吧。想必在場的上流階級人士當中，也有人在內心是同意這個說法的吧。綜觀上輩子的歷史情節，有時這樣的想法也是被視作合情合理。

但是啊，嘴上說著什麼秩序，卻趁著兄長大人正在跟別人講話時展開突擊，妳自己對照看看這個世界的論理，這種做法也未免太沒規矩了。為什麼你們一整家人都自以為無論做出什麼事情，全都能被原諒啊？

因此，葉卡堤琳娜輕輕拉了拉兄長的袖子，悄聲說道。並特別留心要用別人聽得見的聲音講。

「兄長大人……她自稱是祖母大人的什麼侍女，然而祖母大人是位能容許一介傭人做出這種無理舉止的人物嗎？」

阿列克謝輕笑一聲，唇邊也明確揚起笑意。

「怎麼可能容許？在場所有人應該都明白，祖母大人是這樣的一位人物吧。」

周遭同意的聲音就像漣漪一樣漸漸擴散開來。

「果真是如此呢。連這種事情都不懂，究竟是從祖母大人身上學了什麼呀。堂堂說自己是分家領頭卻是這副德性，讓我都羞於面對賓客們了，內心感到難受不已。」

皺起眉間的葉卡堤琳娜，伸手輕輕壓著以豪奢的藍寶石項鍊點綴的豐滿胸口，阿列克謝立刻臉色大變。

而且，原本一直看著葉卡堤琳娜的男子們，也都一起將視線集中到那胸口，並慌慌張張地撇開了視線。

「葉卡堤琳娜，多麼可憐啊……竟然讓妳感到難受，此人也太無禮了。現在我就親手替妳斬殺吧。」

……呃，兄長大人，你是開玩笑的吧？妹控玩笑好嚇人啊。

不，這應該不是玩笑話！兄長大人的妹控可不是鬧著玩的。平常像是會自己綻放光輝般的螢光藍雙眼中，更是自深處閃現亮光，氣魄可比魔王！

「閣、閣下……」

剛剛才說要賭上性命，諾華岱恩伯爵夫人的臉色頓時變得鐵青。

葉卡堤琳娜輕輕觸碰了兄長的肩膀，搖了搖頭。

「兄長大人，請別這麼做。不能為了我而讓刀刃染上髒汙。」

不小心就說出比起螺旋捲夫人的性命，更加袒護兄長大人愛劍的發言了。因為這一家人感覺就跟對馬三人組一樣生命力強韌，即使砍下去搞不好還會分裂增殖。

「更重要的是，對受邀的賓客來說失了禮儀，讓我感到很難受。」

「這樣啊。妳的責任感很強，但這並非妳的失態。別為此憂愁了。」

手臂環抱過妹妹的身體，阿列克謝溫柔地安撫著。

……也是呢，瞥了一眼便能看見弗利先生跟他夫人的表情，怎麼看都像是在憋笑一樣。不好意思，摯友的孫子是這副德性真是不好意思。

「奧蘿菈，森林的貴婦人啊。我在此替那個人的無禮行徑向妳道歉。」

阿列克謝重新面向弗利及妻子奧蘿菈，鄭重其事地這麼說。

聽見「貴婦人」這聲稱呼，諾華岱恩伯爵夫人不禁睜大雙眼。

「當我等騎士團到森林討伐魔獸時，每次都會受到你們族人的款待，甚至給予一臂之力。祖父謝爾蓋總是很感謝你們，並稱妳為森林的貴婦人。在向我說起妳的事情時，他總是帶著微笑一臉懷念的樣子。」

這時，奧蘿菈優雅地輕笑了起來。

「不知道那一位都說了些什麼呢？」

她的聲音帶著一點嘶啞，以女性來說相當凜然。不愧是身為族長治理一族之人，很有威嚴。

阿列克謝也回以微笑。

「像是我們公爵家與你們一族的淵源。祖父大人對我說，遠在三百年前，第五代瓦希里公給予你們一族可以自由往來這片領地的許可，也有頒發認可證。雖然當時是因為瓦希里公器重的發明家喬凡尼．迪．桑堤，為了調查亞斯特拉帝國的遺跡而委託你們帶路，但那份認可證現在依然有在你們一族間傳承下來。儘管是多虧了迪．桑堤的修復，我們才得以直到現在還在使用帝國時建造的各種設施，但那也要感謝你們一族的協助。」

葉卡堤琳娜睜大的雙眼。

兄長大人，真的假的！不，這當然是真的吧。

這也正是為了將剛才螺旋捲夫人鄙視奧蘿菈小姐，謾罵她是蠻族之類，無法之徒什麼的台詞粉碎得體無完膚而刻意說的吧。

上輩子義大利的羅馬，直到二十一世紀都還在使用羅馬帝國時期的下水道。而在這個皇國來說，散布各處的亞斯特拉帝國上下水道，也是理所當然地持續使用中。但畢竟是千年以前的設備，自從亞斯特拉帝國滅亡後更延續了數百年的戰亂時期，因此不只設備的建設技術，就連修復技術都已失傳，所以也有很多都已經破損老朽的樣子。

而解析了那個上下水道構造，不但進行修復，更再次確立起建設技術的人，便是那個發明家迪．桑堤。當他年輕時就已經在他本國締造這項成就，於是聽聞其名聲的第五代宗主瓦希里便聘請他前來尤爾諾瓦領地。

因此，即使迪．桑堤會在尤爾諾瓦領地調查亞斯特拉帝國遺跡，也是合情合理的發展。

「我、我可從來沒有聽說過這種事情！那位賢君瓦希里公怎麼可能會與這樣的人們有所關聯呢！」

雖然諾華伐恩伯爵夫人這麼喊著，但在阿列克謝如冰的一個眼神之下，便凍僵在原地。

這時圍在公爵兄妹身邊的人們，開始若無其事地拉開與她之間的距離。還真的是退避三舍。

「真是令人懷念。謝爾蓋公還在瓦希里公的認可證上寫下追記呢。」

奧蘿菈神態自若地說出口的一句話，確實給了伯爵夫人致命的一擊。

不過，其實我也不是不能理解伯爵夫人的說辭。

瓦希里公為什麼要請森之民替迪．桑堤帶路前往遺跡所在地呢？一般來說，應該是由騎士團之類，或是官僚中的森林官陪同吧。

森之民確實可能更清楚有埋沒在森林裡的，不為人知的遺跡。然而這片公爵領地有許多魔獸棲息，再怎麼說也不該讓重要的發明家涉險前往才對。

更何況他們之間的又是怎麼牽上線的？

但既然兄長大人這麼說，森之民就肯定是瓦希里公直屬部下一般的存在。

總覺得好帥氣喔！忍者之里的影子軍團啊。後世想必會經過盛大又華麗的選角，改編成電視劇、電影或是遊戲！

這時，在諾華岱恩伯爵夫人身邊，一道身影不知道從哪裡冒了出來。

「這位客人。」

用公事公辦的口吻這麼跟她搭話的人，正是女管家萊莎。

「您看起來身體不太舒服的樣子。還請到其他房間休息一下。其他賓客想必也很替您擔心吧。」

像是用精緻又厚實的糯米紙包覆住一般含蓄說出「會給其他客人帶來麻煩，快滾到一邊去啦混蛋」的技能完全是專業等級。

「我、我……」

她會表現得如此狼狽，應該也是因為知道萊莎的來歷吧。雖然是未經公認的存在，卻也是上上代公爵謝爾蓋疼愛的妹妹。換句話說，就是現任公爵阿列克謝的姑婆。只要跟公爵家有所往來的人，任誰都是這麼想的。

「這邊請。」

萊莎的語氣很平靜。然而準備周全的她，身後有三道人影沉默地不斷施壓。當中有兩人穿著騎士的禮服，另一人雖然是一般的禮服，但高大的體格一點也不輸給另外兩人。

他們是萊莎的丈夫，以及一對雙胞胎兒子。

過去曾是城內洗衣女工的萊莎，在祖父謝爾蓋的斡旋之下，成為代代騎士輩出的名門養女，並招贅了夫婿。他理所當然般是位騎士，現在更是尤爾諾瓦騎士團的副團長。地位僅次於騎士團長艾夫列木·羅森，是騎士團的第二把手。

那對雙胞胎兒子雖然各自走上騎士及文官的道路，但兩個人都是武術優異，並有著壯碩的體格，在各自的道路上展現頭角。

這樣的三個人散發出的壓迫感，著實沉重。真的是重壓。

諾華岱恩伯爵夫人早已說不出話來，只能照她說的，就這樣被帶到另一個房間去。

尤爾諾瓦城的大廳堂中，現在也正流瀉著舞曲。

目送走她的葉卡堤琳娜，不禁在腦海中播放出多娜多娜（註：一首描述一頭牛被牽去宰殺時情景的猶太戲劇歌曲）的大合唱。

「葉卡堤琳娜，妳應該累了吧？稍微休息一下比較好。」

「沒關係，兄長大人。我沒問題的。」

說真的，確實是有點累了。

今天一天下來，究竟跟多少人打過招呼了啊？我記得參加這場慶宴的人數，總共應該有超過兩千人……啊，一旦這麼想，感覺都快昏倒了，還是別去深究的好。

不，再怎麼說也不可能跟所有人都講到話就是了。但直到現在，招呼還是沒有停下來呢。

但我已經學到教訓了，要是離開兄長大人身邊，便會變得更加疲憊。

雖然兄長大人一直顧慮著我，在結束與公爵領地的最重要成員們的招呼後，他立刻強烈建議我去坐著休息。

只是當兄長大人一離開身邊，我立刻便被包圍了！一群男生全都圍了上來！

總不能對他們視而不見，而且也不得不由我主動向他們搭話，但一開口就被邀舞了。

還是從四面八方而來。

這倒也是啦，畢竟是主辦家族的人，況且還是君主的妹妹嘛。一定要來個禮貌性的訪問吧。可能是有不能讓公妹成為派對壁花的不成文規定。

我一直說著「不好意思我還不太習慣」拚命地婉拒。或許乾脆答應跟人跳舞還比較快解脫，但如此一來又會被人發現我是臨時抱佛腳。而且，是該怎麼選擇對象啊……應該是要按照身分序列，可是這樣一大群人蜂擁而上，也讓我很難判斷在這當中究竟誰的地位最高。

當我只能先笑著蒙混過去時，兄長大人立刻便來拯救我了。非常感謝。真不愧是妹控。

身邊的男性們明明多到圍成人牆，兄長大人一回來，立刻便在中央讓出一條走道了。兄長大人一站到他們身後，所有男性全都光是感受到那股氣勢，就紛紛朝著左右逃竄。兄長大人身上散發出某種像是火焰般的氣焰嘛。

但是，他一跟我對上眼後，就溫柔地笑了笑，並將我從人牆中帶了出去。

我的兄長大人果然是世界上最棒的。

而且最厲害的是，兄長大人幾乎掌握了所有前來參加慶宴的人。

面對那些前來打招呼的人，兄長大人一定都會主動向對方問些事情。像是領地的事、經商的事、家族或是祖先的事情等。畢竟與我不同，兄長大人是從小就在跟他們來往，想必也為了這一天事先做足了預習，但可是有兩千人喔。竟能統統記在腦子裡，真的太厲害了。

也難怪男性們會嚇成那樣。不管是哪一家的人，都被徹底掌握了嘛。

不過即使是這樣的兄長大人，也還是有死角的呢。而我可是掌握了這點喔。

「兄長大人才是，你應該累了吧？宗主的職責確實重要，但也請稍微放鬆一下。要不要和哪一位千金一起共舞呢？」

我盡可能說得很委婉了。

兄長大人……太遲鈍了！很難察覺別人投向他的好感！

我也想過他該不會其實在魔法學園裡面很受歡迎，但一回到公爵領地，那可真的不管怎麼看都是大家的憧憬。千金小姐們全都緊盯著兄長大人，希望他能前來邀舞，不斷發生光是兄長大人有個一舉一動便會快要哭出來的案件。

儘管我是兄控，但「絕對不能欺負媳婦！」是我的座右銘，所以我打從心底發誓不會妨礙兄長大人的戀情！所以就別擔心我了，稍微去陪一下那些千金小姐也好吧。不然她們看起來好可憐。

現在也是，光是稍微環視一下四周，千金小姐們都紛紛連忙撇開視線。大家其實都一

直看著兄長大人。每當兄長大人帶著笑容跟我說話時，好像都能聽見壓抑下「呀～～」之類的尖叫，結果反而變成細聲哀號的聲音。

咦？這感覺跟在魔法學園看考試榜單時的氣氛好像很相似耶。

這時，阿列克謝輕聲笑了笑。

「我一點也不會累。豈止如此，這還是我第一次覺得宴會如此開心。」

牽起葉卡堤琳娜的手，並用兩隻手將那雙比自己的還要小又柔嫩的手包覆起來。

「大家都為妳的美貌著迷，並欽嘆不已。而如此美麗的妳，就待在我的身邊，體貼地替我著想……沒有什麼比這更加舒坦又幸福的事了。我親愛的葉卡堤琳娜。無論身在何方，無論所為何事，一旦有妳在身邊，每分每秒對我來說都是喜悅。」

「哎呀，兄長大人也真是的。」

好喔我知道了，妹控就跟兄控相親相愛地待在一起吧！

不好意思了各位在旁邊尖叫的千金小姐們。讓兄長大人去跟別的千金小姐跳舞的念頭，已經消失得一乾二淨了。有我這個兄控妹妹真是不好意思。

……但還能這麼做的，也只剩下現在而已了吧。

說到頭來，兄長大人本來就不該在領地內物色結婚對象，應該要在魔法學園物色才對。所以即使這時跟別人跳舞，也只是會徒讓對方空歡喜一場。

兄長大人應該很明白這個道理吧。

「再過不久就要放煙火了。雖然是慶宴的餘興，但也代表宴會已經過了一半。煙火結束之後，便會開始有賓客離場。到時候妳隨時要離席都可以。」

「好的，兄長大人。謝謝你的諒解。」

以這麼大規模的活動來說，賓客們不可能全都一起準時抵達，並在同一時間離場。要是所有人都一起來並一起離開，馬車便會全都塞在路上了吧。因此有些人會比較早到，有些人會比較晚抵達，也會錯開離場時間，便成了一種不言而喻的規則。

差不多到宴會的中盤時，參加人數會到達高峰。

這時大家一起享受高放的美麗煙火，同時也代表宴會步入尾聲，早班——不對，比較早來的人，或是年事已高的賓客等想盡早離開的人，便會陸續回去。大致上是這樣安排的。不過也不是刻意做出安排，只是必然會變成這樣。

即使到了這個時間，還是有很多依序等著招呼的人，兄妹倆的對話也穿梭在向大家打招呼之間。話雖如此，都已經跟一些主要人物見過面了。

「不過，如果可以，我想再和兄長大人一起行動一陣子。我也是只要跟兄長大人在一起，便會覺得既有趣又開心。」

「聽妳這樣講真令人高興。不過，妳千萬不能勉強自己。」

阿列克謝溫柔地這麼說著，但那雙螢光藍的眼睛在看見下一個前來招呼的人物時，綻放出有些冰冷的光輝。

「閣下，非常抱歉，我來遲了。」

「諾華岱恩啊。」

護行著女兒齊菈現身的諾華岱恩，像是一點也不在乎阿列克謝的冷漠回應般行了一禮。

父女倆今天也都穿著相當豪華的服裝。尤其是齊菈，穿戴在身上的滿滿寶石讓人不禁覺得未免太多，甚至是過度裝飾了。對於葉卡堤琳娜胸口上閃耀著光輝的豪奢傳家寶項鍊，似乎一瞬間用銳利的視線瞥了一眼。

「方才賤內那番無禮之舉，我深表遺憾。」

諾華岱恩再次低頭致意，但他的頭很快就抬起來了。

「不過，其實我聽了您一番話，反而放心了。那讓我明白，閣下是認為應當遵守先祖的遺訓。」

這讓葉卡堤琳娜不禁皺起眉間。這傢伙究竟打算說些什麼？

像是要回答葉卡堤琳娜的疑問一般，諾華岱恩將手伸進上衣的內袋裡。

「各位，請看看這個！」

他高聲一喊，並隨之高舉起來給所有人看的，是一封書簡。用的是感覺很高級的紙張，看起來重要性就很高。

「我在這個吉日，要向聚集於此的各位宣布一個天大的好消息，也就是尤爾諾瓦公爵阿列克謝閣下，與小女齊菈的婚約！」

突如其來的宣言，讓整個大廳堂霎時人聲鼎沸。諾華岱恩用不輸給這音量的聲音喊道：

「前公爵亞歷山大公相當疼愛齊菈，並於生前安排好與其公子的婚約。這便是齊菈與閣下訂定婚約的文件。上頭不但有亞歷山大公的親筆簽名及印鑑，更有亞歷山德菈大人的親筆簽名及印鑑。這段美好婚約也是受到皇女亞歷山德菈大人的祝福！各位，請給予祝福吧！」

在現場更顯喧囂之中，齊菈帶著耀眼的笑容，歡欣雀躍地走向阿列克謝。

然而，阿列克謝甚至不看齊菈一眼，只是輕輕抱住妹妹的肩膀。

下意識地，葉卡堤琳娜抓緊了兄長的袖子。

原來就是這個啊！諾華岱恩能表現得這麼從容的原因就在於此！

確實是有想過他應該是想讓齊菈成為公爵夫人。也想過以這樣的目的來說，他的態度

未免也太奇怪了。

理由便是這個。即使不用奉承兄長大人，他也已經從老爸跟老太婆手中得到讓齊菈成為公爵夫人的王牌了。所以他才會那樣旁若無人地在尤爾諾瓦城迎接兄長大人歸來。

即、即使如此，這個狀況……

簡直就像遊戲裡的定罪場景一樣。

難道……難道難道……這就是沒有照著劇情進行遊戲帶來的影響嗎？毀滅旗標就在這種地方襲擊而來了嗎？

「葉卡堤琳娜，妳沒事吧？」

「我、我沒事，兄長大人。」

見他擔心地看著自己，葉卡堤琳娜這才回過神來。不行，我得振作一點。

然而，雙手的顫抖還是停不下來。光是想到一直以來感到懼怕的毀滅旗標，或許正以這樣形式出現，竟然便會感到如此恐懼。

「阿列克謝大人！」

齊菈用心焦的聲音如此呼喚。

阿列克謝以面對妹妹時截然不同的視線看向她。或許是沒有意識到那分冷漠，光是對上眼，齊菈就打從心底感到幸福地整張臉都亮了起來。

「阿列克謝大人。」

不知道是不是自母親學來的，這也是個漂亮的跪拜禮。接著，齊菈便滿臉笑容地朝阿列克謝伸出了手。

「我很高興終於成為能夠站在您身邊的人了！我不會再讓您孤獨一人。我會一直伴隨在您身邊！父親以及母親也都說了，想成為阿列克謝大人的助力。雖然是岳父母，兩位將成為您的雙親。您已經無須再一臉嚴肅地苦惱領地的事情了。父親全都會好好處理的。如此一來，阿列克謝大人便能與您的父親大人亞歷山大公一樣，享受著每一天快樂度日。我一直夢想著給予您這樣自由的一天來臨！」

……在兄長的懷抱中，葉卡堤琳娜遲遲無法平復深鎖的眉頭。

呃，這位螺旋捲小妹妹。

妳應該是真心這麼想的吧？妳是真心認為跟兄長大人結婚後，讓諾華岱恩那個大叔篡奪尤爾諾瓦，兄長大人便會幸福吧。

天啊～～太猛了吧。

但是……仔細想想，或許也是理所當然。這個女生還是個孩子而已。就孩子的觀點看來，不顧什麼責任跟義務，每天都奢侈地玩樂的老爸，想必是個幸福的人吧。

自幼就肩負起職責的兄長大人，確實稱不上幸福。然而兄長大人的職責所影響的是眾多領民的生活，可以左右民眾的人生幸福與否。兄長大人很清楚這件事情。然而要他放棄這件事，真的便能幸福了嗎？

螺旋捲小妹妹，妳不可能理解的。即使跟妳說明何謂職責，妳應該也只會冷笑一聲吧。我覺得以上輩子來說，十五歲這個年紀的想法，差不多就是這種感覺吧。

啊，但這個人比上輩子的十五歲還要更糟。她是個會以貴族身分仗勢欺人，瞧不起平民的孩子。

在地反派千金小妹妹。反派千金要是做了這麼高調的事情，可是會淪落到不好的下場喔。

因為——兄長大人現在相當冷靜。

阿列克謝撫摸著妹妹的頭髮，像要讓她安心一般微微一笑。

「葉卡堤琳娜，妳可以等我一下嗎？」

「好的，兄長大人。」

葉卡堤琳娜鬆開他的袖子後，阿列克謝抬起臉直直看著諾華岱恩。螢光藍的眼神，就猶如要將人看穿一般銳利。

無論是齊菈伸出的手，還是齊菈本身都完全被忽視，阿列克謝走過她的身邊，當面垂眼看著諾華岱恩。

「書簡拿來。」

「是……」

不禁畏縮的諾華岱恩，像是下意識般遞出書簡，阿列克謝接過之後，粗略地看了一下文件上的內容。

他用冷淡的表情點了點頭。

接著，便環視整個大廳堂，放聲一呼。

「丹尼爾。丹尼爾．利嘉在嗎？」

僅僅隔了一點時間，便傳來回應。

「是的，閣下。丹尼爾．利嘉在此。」

大廳堂的所有人立刻讓出一條路。在像是從舞台延伸過來的通道上現身的人，正是尤爾諾瓦公爵家的法律顧問。是位戴著銀框眼鏡令人印象深刻，容貌看起來就充滿理性及知性的青年。雖然灰色的頭髮有些單調，但在那眼鏡深處的瞳眸呈現鮮豔的翠綠色。年紀大概三十歲上下，以一個法律家來說相當年輕，然而翠綠色的眼中依然帶著銳利的光輝。

而他的嘴角就像在享受這個異樣的狀況般，揚著目中無人的笑意。

「你確認過內容後，對他們說明一下。」

「是的，閣下。」

丹尼爾很快地看過從阿列克謝手中接過的書簡內容。

接著，他一臉笑咪咪的樣子，用清朗響亮的聲音說：

「以皇國的法律來說，憑藉這份書簡，閣下的婚約並無法成立。從法律觀點看來，這份書簡並不具有特別的意義。」

大廳堂的人們又再次陷入嘈嚷之中。

「太、太失禮了！」

諾華岱恩的臉都漲紅了起來。

「不具意義？說什麼蠢話！這可是前公爵亞歷山大公親筆寫的。上頭也有公爵印鑑！」

「是的，確實如此。」

丹尼爾推了一下眼鏡，露出了滿臉笑容。

「就如同您說的，從筆跡看來確實是由亞歷山大公所撰寫。但是，蓋在這裡的印鑑是亞歷山大公的私人印章，並非尤爾諾瓦公爵家的印章。亞歷山德菈大人的印章亦然。有力貴族的婚姻，屬於兩個家族的契約。因此，依皇國的婚姻法規定，無論婚約或跟婚姻相關的書簡，都必須要有兩家族的印鑑，以及兩家宗主的署名。若是只有前公爵及其母親的署名，則尚未滿足必要條件。」

將那份書簡高舉到諾華岱恩面前，這位律師一邊說明並依序指出筆跡、印章等地方。在眾人環視之下，大廳堂的人們聽他說的每一句話，都不禁發出「哦」或是「是喔」之類，為之欽佩。

真不愧是習慣法廷爭論的律師。維持在很好的步調，接二連三說個不停的語氣，有著極大的說服力。

「閉、閉嘴！無論法律怎樣，亞歷山大公都在這份書簡上，清楚寫下齊菈與他兒子阿列克謝將訂定婚約。怎能容許這樣輕忽父親的遺志！」

諾華岱恩這番話讓大廳堂充斥著感到困惑的嘈雜之中。

丹尼爾用真誠的表情點了點頭。

「是能被容許的。因為，若照著這份書簡讓阿列克謝閣下的婚約成立，便將會對皇帝陛下不敬。」

這番話讓四下更是一陣騷然。

「原因在於三大公爵家的宗主及其繼承者的婚約及婚姻，必須經過皇帝陛下的裁定認可。這也是從建國當時就訂定的法律。只憑著亞歷山大公一己之見，安排好阿列克謝閣下的婚約的話，會被認為無視皇帝陛下的權威。實際上，過去也曾有公爵家未經皇帝陛下承認就締結婚約，結果不但受到嚴厲的斥責，甚至被懲以禁閉處分。畢竟這是兩百多年前的

事例，您會不知道也是無可厚非——哎呀，看來也有許多人士知道呢。所以說，要是這份書簡上頭沒有陛下的大名及玉璽，阿列克謝閣下的這樁婚事就不算安排好。也不能說是安排好了。」

諾華岱恩一副狼狽的樣子揚聲大喊：

「亞……亞歷山德菈大人貴為皇女。書簡上有亞歷山德菈大人的印鑑，皇帝陛下當然會認可！」

「不，既然已經下嫁到公爵家，亞歷山德菈大人的身分便是公爵夫人。依據皇國法律規定，並非皇室的一員，而是臣子。」

「閉、閉嘴！無論法律怎樣，亞歷山大公跟亞歷山德菈大人期望齊菈成為公爵夫人是不爭的事實！既然尊重瓦希里公的認可證，就更該遵從父親亞歷山大公的遺志才對吧！」

「那兩位真的是如此期望的嗎？」

丹尼爾的語氣平靜……也因此讓氣氛更為險惡。

「什、什麼？你說這話是什麼意思？」

「亞歷山大公以及亞歷山德菈大人當然很清楚才對。若是真的要讓阿列克謝閣下與齊菈小姐締結婚約，那兩位想必知道需要採取什麼樣的形式。也就是必須經過皇帝陛下的裁定認可。即使如此，準備的卻是像這樣的書簡。」

直直將書簡推到諾華岱恩面前，他也不禁語塞。

「明知內容不充分，亞歷山大公卻還是立下這份書簡，並讓亞歷山德菈大人簽名蓋章了吧。其實，亞歷山大公時不時便會做出這種事情。要是受人請託，但那其實是難以辦到的事情時，便會像這樣交付書簡，並面帶微笑地說『我替你實現願望了喔』。據說那一位曾表示『我只是不想讓人感到失望而已啊』──哎呀，這麼說來，諾華岱恩伯，您也是亞歷山大公的友人對吧。您應該知道那一位……就是有著這份溫柔之心的人才對？」

「別……別拿我跟其他人相提並論，我是特別的！我可是那一位的摯友！」

說是這麼說，諾華岱恩的額頭上還是沁出了汗珠。

這個男人應該心知肚明吧。他很清楚亞歷山大的「溫柔之心」。說不定還曾嘲笑過因為這份溫柔而空歡喜一場的那些人，並沉浸在「唯有自己與眾不同」的優越感之中。被提出這點，這份書簡的有效性便會更遭受否定。

「亞歷山大公是位非常有魅力的人物呢。可以讓許多人認為，自己對這一位來說是特別的存在。」

丹尼爾一副倍感欽佩的樣子點著頭。這番話的言下之意，代表他其實並非特別的存在。

在那些認為自己是特別的所有人當中，恐怕沒有任何一個人對亞歷山大・尤爾諾瓦來說是特別的存在。沒有任何人是特別的。

「要這麼說是不太好意思，但無論再怎麼喜歡，亞歷山德菈大人真的會期望齊菈小姐嫁進來嗎？府上的爵位是伯爵吧。」

律師這番話，讓大廳堂陷入一片寂靜。

「你、你也太失禮了！什麼律師啊，臭小子！就憑你，懂什麼啊，休想蔑視這份書簡。這確確實實是那兩位期望齊菈成為公爵夫人所準備的！」

諾華岱恩這麼怒吼著，但其他人都明顯露出冷漠的表情。剛才將那番婚約宣言當真的人都不禁對自己感到傻眼，律師所說的話便是這麼有說服力。

直到現在也是有人記憶猶新。亞歷山大的妻子安娜史塔西亞原是名門侯爵家的千金，但在與丈夫一起共度的那段短暫日子中，甚至曾被亞歷山德菈痛罵是卑賤之女。

「各位！怎麼可以聽信他說的這些話呢！」

為了改變這種氣氛，諾華岱恩更放大了音量大喊：

「亞歷山大公從來不會去在乎那些瑣碎之事，亞歷山德菈大人也認為官方手續這種事情只要交給下面的人去處理就好。那兩位都認為但凡表達自己立場，周遭的人就該去處理後續的安排。各位應該都知道這點才是！還有你這個自稱律師的臭小子！我不知道你是幾年前才取得律師資格，但不過是個初出茅廬的小子。一點也不懂那些高貴之人，說話還這麼囂張，可別以為我會饒過你！要是站上法庭跟資深律師對抗，你這種傢伙也只能等著被擊垮！」

「——哦。」

丹尼爾回應的音量並不大，但讓人聽得很清楚。

他再次推了推眼鏡，露出滿面笑容。他看起來的確是個知識分子，卻也像個——好戰分子。

「您要給予我站上法庭戰鬥的機會啊？真是令人期待。請替我轉告您的資深律師。我這個十八歲就取得律師資格的年輕人，將會盡全力迎戰。」

所有具備相關常識的人都睜大雙眼。在皇國，只有在大學修完法學課程後，通過試驗的人才能取得律師資格。但是，即使沒有大學畢業的學歷，一旦被認同具備同等知識，也得以參加律師試驗。當然，那是一道嚴苛的窄門。

十八歲就取得律師資格的話，代表丹尼爾是以最年輕的身分通過了那道窄門。

而且律師資格試驗本身又被視為最困難的試驗。一般來說，不可能年僅十八歲便能通過試驗。

「對了，若要說到高貴之人，我經由父親的緣分也認識幾位。父親名為馬克西姆·利嘉，是基於曾受命擔任皇室的法律顧問的機緣。不過現在父親已經離開皇室，在大法院擔任首長就是了。」

大廳堂這次真的掀起了一陣喧嚷。

大法院是掌管皇國司法的機關。既然是其首長，便是皇國法律界的最高權威。

「父親與阿列克謝閣下的祖父大人謝爾蓋公也有著親近的交情。謝爾蓋公是位明白自己的言行會給許多人帶來影響，非常出色的顯貴之人。那麼，老實說我丹尼爾・利嘉從小聽的床前故事不是繪本而是法律書籍，在每天與父親的對話都像在法庭爭論般的環境下成長。雖然我擔任律師的經驗僅僅十二年，還請別以此妄下判斷。為了回報將我這個年輕人提拔為公爵家法律顧問的阿列克謝閣下的信賴，我會盡全力處理應對。」

將手抵上胸口，丹尼爾誠懇地行了一禮。

既然法律界的最高權威從他小時候就親自灌輸法律知識以及法庭辯論技術，也難怪他會在十八歲就考取律師資格。這個律師絕非可以看他年輕就輕忽的對象。而且十二年的資歷，也並不短暫。

「唔──咕……！」

諾華岱恩的眼神四處游移。

像是要找人搭救一般環視整個大廳堂，卻沒有任何人與他對上視線。就連他的跟班們也不例外。甚至還有人混入人群之中，偷偷摸摸地逃走了。

他肯定萬萬沒有想到阿列克謝會如此冷靜，而且冷漠地做出應對。

按照常識來說，即使不符合法律上的條件，通常也會尊重父親的遺志。而且就連既是祖母，也是皇女的亞歷山德菈的署名都有。若不尊重，便會受到不忠不孝的譴責才對。即使阿列克謝不想與齊菈締結婚約，一般來說在這個場合也會採取先息事寧人的手段。

如此一來，諾華岱恩應該會打算一口咬定阿列克謝也承認這段婚約了吧。

然而他卻讓律師將事情導向「亞歷山大及亞歷山德菈其實並不期望締結這段婚約」這個結論。整個大廳堂裡的人也全都接受了這個結論。而且那律師還是個超級菁英，頂著父親是法律界最高權威的光環，甚至用演戲般的語氣侃侃而談。

在這個情況下，諾華岱恩已經沒有可以翻盤的牌了。那些跟班也都知道這一點。

一直以來他都吹噓著自己手中有著王牌，面對阿列克謝時，也是表現出強硬又高傲的態度，並以此保持著向心力。然而鍍上去的那層外殼，現在完全被剝離了。

雙腿一軟，諾華岱恩不禁跪地。

「你騙人！」

這時，一道尖聲響徹四周。

這麼吶喊的是齊菈。她用燃燒著怒火的眼神瞪著律師，並滔滔不絕地說了下去。

「亞歷山大大人……叔父大人是真的非常疼惜我。他總是用溫柔的聲音對我說『齊菈真是個可愛的孩子』、『我把你當自己的女兒看待』，而且真的是最疼愛我的！所以叔父大人絕對是期望我能成為公爵夫人！那一位還說過希望我能當他真正的女兒！」

「閉嘴。」

一道宛如鞭打般響亮的聲音，讓齊菈不禁抖了一下。

阿列克謝快步走向妹妹，並用雙手摀住她的耳朵。

「葉卡堤琳娜，妳不需要聽見這些話。」

「兄長大人……請別擔心。」

葉卡堤琳娜抬頭看著兄長，淺淺一笑。

聽了這些，我只是傻眼地覺得親生女兒都被軟禁起來了，還對別人家的孩子說這什麼好聽話。無論那個從來沒有見過面的老爸說了什麼，我都不會放在心上啦。

內心會覺得有點刺痛，是因為千金葉卡堤琳娜不禁替母親大人感到可憐。只是這樣而已，真的不必擔心。

「乖孩子。走吧，我們也該到陽台去，煙火差不多要開始施放了——丹尼爾，我的法律顧問。辛苦了。」

「不敢當，閣下。」

臉上帶著非常爽朗的笑容，律師行了一禮。

「阿列克謝大人！」

尖聲一喚，齊菈便跑向阿列克謝。

「拜託您了，請娶我為妻吧！我一直、一直都十分仰慕您。我的心裡就只有您，也只想著與您攜手度日的未來。請您接受我這份專一的心意吧！」

阿列克謝轉身面向齊菈，並將妹妹護在身後。

他語氣冷淡地說：

「妳沒有這個資格。甚至無法進入魔法學園就讀的人，不可能成為公爵夫人。」

這讓齊菈僵在原地。

齊菈雖然跟葉卡堤琳娜同年，卻從來沒在魔法學園見過面。也就是說，齊菈並沒有進入學園就讀。

所有具備達到標準魔力量的皇國國民都會進入魔法學園就讀。這便代表齊菈在測定時，被判斷為沒有達到標準魔力量之人。

大廳堂中四處發出感到驚訝及困惑的聲音。應該是諾華岱恩家裝出齊菈有前往魔法學園就讀的樣子吧。

齊菈一臉拚命地喊著解釋。

「不是的，那是一場陰謀！是有人嫉妒受到叔父大人疼愛的我，竄改測定結果的！我具備充分的魔力！叔父大人也是明白這點，才會選擇我與閣下締結婚約！」

「而結果就是那份書簡啊。」

阿列克謝平靜地這麼一說，齊菈的臉色隨即變得鐵青。

亞歷山大願意相信她具備達到標準的魔力。這對她來說，肯定是一大依靠。

正因為她從小就夢想著能與阿列克謝結婚，並成為公爵夫人的未來，因此被判定魔力不足時，想必受到很大的衝擊。

然而她與她的父親並非會因此就認命陷入絕望的人。去拜託亞歷山大，並得到那份書簡時，應該是感到歡欣鼓舞吧。

但那其實是一場幻影。

齊菈會踏不穩步伐，走得蹣跚，也是無可厚非。這個場合，對她來說本來是要掌握所有她應被賦予的一切，卻只撈到一場空。

「……不，這不成理由。」

阿列克謝搖了搖頭。這番話並非出自對齊菈的顧慮，肯定是思及並不具備魔力的親信諾華克。身為領主，他認為不應該在臣子面前因為一個人是否具備魔力，就做出阻斷其未來的判斷。

但如果是過往的他，或許不會展現替人著想的這一面。

「我不需要妳。我是以尤爾諾瓦公爵的身分，判斷妳並不是能替公爵家帶來美好未來的人。我不認為一個會在招待眾多賓客的慶宴上，掀起這等騷動的女性適合成為公爵夫人。」

阿列克謝的這番話有著明確說服力，也有很多人點頭認同。竟然單方面在這樣的場合上，發表本應是雙方家族締結契約的婚約，怎麼想都不正常。

何況對象還是尤爾諾瓦公爵家的領主，既是這個公爵領地的王，諾華岱恩更是他的臣子。絲毫沒有顧及這樣的立場，就在未經當代公爵同意的狀況下，擅自決定與自己的女兒締結婚約，簡直可說是一場政變了。

諾華岱恩應該也是心知肚明，知道阿列克謝並不期望與齊菈締結婚約。即使想透過正當途徑推動這樁婚事，要是在沒有其他人的私下場合商談，說不定就連亞歷山大的書簡都會被強制銷毀。他應該是這麼想的吧。

而且，要是就此進入阿列克謝的時代，並加深對領地的統治，諾華岱恩伯爵家就再也沒有翻身的機會了。不——他甚至知道會演變成不是這樣便能罷休的事態。

所以他才會在這場慶宴上公開這份書簡，掃平一切障礙，下了提出締結婚約的這項賭注。如此一來，諾華岱恩的衰亡對尤爾諾瓦來說也會是一項醜聞，便能獲得救贖。全是為了這個目的。

結果，他賭輸了。

「請您不要……說這種壞心眼的話。」

齊菈的臉上依然帶著像是貼上去一般的笑容，渾身顫抖著。

這也無可厚非吧。被阿列克謝拒絕，她的未來就幾乎沒有得到正當婚姻的可能性了。她只會是一個在聚集了公爵領地主要人物的場合中出盡洋相的女孩，並在受人嘲笑之中生存下去。

對她來說，應該是要在今天這場慶宴中，站上她一生一次的盛大舞台吧。穿戴在身上那些妝點過頭的寶石們，看起來格外空虛。

「這可是慶宴喔。只要阿列克謝大人願意與我締結婚約，對各位賓客來說，想必也是一大喜訊。請您諒解，我是多麼仰慕您。我真的從以前開始，就一直、一直……」

然而阿列克謝置若罔聞，只是牽起葉卡堤琳娜的手，跨步走向陽台。

「不——！」

齊菈這麼尖叫著，甚至追到陽台來。

「請您別走呀，請接受我……我真的非常仰慕您！」

陽台上沒有別的人影了。為了欣賞煙火，其他陽台上都聚集了滿滿人潮，就只有這裡在傳統上是只有尤爾諾瓦家的人才能踏入的地方。

阿列克謝輕嘆了一口氣，便轉身面向齊菈。

「妳很討厭我眼睛的顏色吧。」

「不，我從以前就覺得十分美麗！說覺得討厭的，是亞歷山德菈大人。」

「而妳卻一再跑來告訴我這件事。」

阿列克謝的語氣中並不帶怒火。他只是感到厭煩地，用冷漠的聲音說著。

「我、我只是想與您攀談而已！請您回想一下，阿列克謝大人總是孤單一人，總是只有我會前去找您說話……跟您說著說著，但凡見到您的表情有一點點變化，都會讓我感到非常開心。這正是因為我仰慕您的關係！我是受到亞歷山德菈大人喜愛的人。阿列克謝大人若願意接納我，我本來是打算教您要怎麼做，才能討亞歷山德菈大人歡心。我能告訴您一些聰明的做法。」

這時，葉卡堤琳娜伸出雙手，摀住阿列克謝的耳朵。

她揚起一道微笑。

「兄長大人，不過是隻蟲子的聲音，你無須傾聽。」

說什麼表情有所變化就覺得開心，是讓他露出厭惡的表情，還覺得高興喔。

竟然說諂媚老太婆並受她喜愛是聰明的做法，到底在說什麼鬼話啊？

最驚人的是，事到如今竟然還能堂堂皇皇地說出這種話，既不反省自己的所作所為，更從不抱持疑問這點。

螺旋捲小妹妹啊。簡單來說，妳就是為了吸引喜歡的人注意而會去欺負人家的類型吧。

喜歡對方所以才會欺負對方這種行為，多是男生才會這麼做的印象，看來即使是女生，會這麼做的人還是會下手吧。而且無分男女，越是被欺負就只會越討厭對方而已。這不是廢話嗎。

我真的無法理解耶。會想溫柔對待喜歡的人，希望對方可以得到幸福，而且還是一心一意地這麼想。難道這不就叫喜歡嗎？為什麼會有人不這麼想呢？

世上有多少人，說不定便會有多少種愛的形式。

但兄長大人是會一心一意去愛的那種人。所以我希望兄長大人也能遇見一個可以一心一意愛著他的人。

阿列克謝勾起微笑。

「妳別擔心，我打從一開始就絲毫不在乎蟲子。所以這雙手可以鬆開了，聽不見妳的聲音，反而讓我更難受。」

接著他便輕輕接過妹妹的手，並碰上自己的臉頰。那雙螢光藍的眼神如蜜般柔和。

「妳的聲音就像棲息在天界的一種妙音鳥那般美妙。傳說其聲音就像諸神的蜜酒般甜美，會讓靈魂酣醉。然而妳所說的話總是這麼溫柔。妳的聲音對我來說，是最令人欣喜的音樂。」

「哎呀，兄長大人也真是的。」

就連聽覺也有裝備啊，妹控濾鏡零死角呢！

「好過分！」

齊菈一雙翻騰著憤恨的眼睛，直直瞪著葉卡堤琳娜。

「為什麼不是我呢？那裡本來是我該待的地方吧！那些話是該對我說的才對吧！」

在她的夢裡，阿列克謝應該是感謝著齊菈，陪伴在她身旁，並輕聲細語地說些溫柔的話吧。

然後齊菈便會成為公爵夫人，在無上的名譽之中，享受著絢爛豪華的生活。

「都是妳害的！是妳偷走了我的歸宿！」

齊菈發出近乎瘋狂的喊叫，並朝著葉卡堤琳娜襲擊而去。

葉卡堤琳娜完全來不及反應。她只在腦中閃過眼前齊菈怒目橫眉的表情，簡直就跟般若面具一模一樣這般的想法。

然而。

上。

齊菈突然就飛上半空，並在空中做了一個前翻，接著以仆街的姿勢直接摔在陽台地板上。

（啊？）

怎麼這麼突然，而且就像特技演員一樣。好歹也是伯爵千金，卻當場仆街。

就在腦內擠滿了問號時，葉卡堤琳娜總算察覺女僕米娜以及侍從伊凡就站在齊菈的左右兩側。

雖然完全沒看清楚，但應該是他們兩人之一抓住齊菈的手腕，並使出一招掃腿將她摔出去的——吧。應該。

「大小姐，不好意思，讓您感到害怕了。」

米娜跟平常一樣面無表情地向葉卡堤琳娜道歉。

「……我甚至都還來不及感到害怕呢。妳的反應非常迅速，處理得很好。」

葉卡堤琳娜儘管有些傻眼，卻仍這麼稱讚後，只見米娜的嘴角微微上揚。

「這個無禮之徒企圖危害尤爾諾瓦的女主人。傳達下去，要給她應得的處置。」

阿列克謝則是絲毫沒有展現出驚訝的樣子，如此下令。他跟葉卡堤琳娜不一樣，不但知道米娜跟伊凡就在身邊護衛，肯定也看穿了兩人的動作吧。

米娜跟伊凡行了一禮，從左右兩側分別抱著翻白眼昏了過去的齊菈的手臂，帶離開了陽台。

好歹也是伯爵千金，卻被腳尖拖地地帶走，這樣對待未免有點太隨便了吧。葉卡堤琳娜都不禁感到同情。

同為反派千金，這讓她回想起遊戲裡的定罪場景，也覺得滿可怕的，但一個仆街讓這些想法全都煙消雲散。甚至覺得遊戲裡的葉卡堤琳娜，光是沒有淪落到這種搞笑收場就已經很不錯了。

更重要的是，還被兄長大人緊緊抱著嘛。

再見了，在地反派千金。

雖然希望妳不要再跟兄長大人有所牽扯，但我會祝福妳的未來還有救贖。因為妳還只是個十五歲的孩子罷了。

「好了，看看夜空吧。」

輕輕把手擺上目送著齊菈的葉卡堤琳娜肩上，阿列克謝讓妹妹的視線看往夜空。

「妳不必連那種人的事都放在心上。玩得開心點吧。」

就在這時，第一發煙火打上夜空。

「哇啊，好美喔！」

葉卡堤琳娜不禁發出了驚呼。

以前曾經聽說過，煙火在江戶時代是沒有顏色的。不像現代的煙火一樣色彩繽紛，看起來似乎就只是會發光的黃金色花朵。

然而此刻，在夜空中綻放開來的煙火是一大朵藍色的花。

儘管不像上輩子一樣有著色彩變化，但看來技術依舊比起江戶時代更為進步。

「尤爾諾瓦的煙火是以美麗的色彩著名。這也是艾札克叔公大人的研究成果喔。」

原來如此，煙火可以透過添加金屬改變顏色，所以身為礦物學者的叔公大人也有所貢獻啊……叔公大人超強的！功績多采多姿！

煙火接連打上夜空。雖然基本上還是會發光的黃金色花朵，但也加入了紅色、綠色、粉紅色等煙花綻放。不只是單色而已，也有雙色的煙火，或是幾乎同時打上夜空變成雙色的組合之類，可以看得出師傅的手腕。

參加慶宴得賓客們也都在庭院或是陽台仰望著，每當有煙火打上夜空，便會發出大大的歡呼。

「……我希望妳的那雙眼睛，只要看到像這般美麗的東西就好了。是我力有未逮，抱歉。」

在煙火的間隔時間，阿列克謝這麼悄聲低喃。

這句話讓葉卡堤琳娜不禁臆測，今天這件事究竟到哪個地步是一如兄長的預料呢？

葉卡堤琳娜也有預料到諾華岱恩應該會耍什麼手段。不知道阿列克謝是不是就連他的計畫都有掌握到了——或許在某種程度來說他已經知道這件事。

但因為某種理由而無法提前對妹妹明說。

妹控的兄長大人說不定想盡可能將妹妹收進寶箱裡，不願讓她看到這種混亂的場面。他應該是判斷如果要給敵對派閥最大傷害的打擊，就必須在這場慶宴上，在眾目睽睽之下迎擊諾華岱恩，才是最合適的時機。而且，他也冷酷地執行了這項判斷。

酷帥類型又超能幹的兄長大人。兄長大人果然正中我的紅心！能幹的男人最帥氣！

「兄長大人，即使不是只有美麗的一面，我也想跟兄長大人看同一片光景。這也是為了可以替兄長大人助一臂之力。然而，畢竟兄長大人才是宗主。如果你認為那不是我該看見的景象，我也會遵從你的判斷。」

他是不是因為要避免我的反應讓那些傢伙察覺我們打算反擊，才會判斷不告訴我比較好呢？嗯，我沒受過貴族應有的教育，所以我也認為自己的社交技能很低，沒什麼自信可以好好掩飾自己的表情。

所以，即使沒有將所有事情都跟我說，我當然也不會因此鬧彆扭或是生氣。上輩子也有過基於經營層面的判斷而受到情報限制。我很明白站在自己的立場所看見的事情，並非

全局。

但是，比起獨自待在寶箱裡受到保護，我更想成為兄長大人的助力。

「我的葉卡堤琳娜。」

阿列克謝字字咀嚼般又感慨萬千地輕喚著妹妹。

「妳總是理解我，並諒解我。我聰明又溫柔的妹妹。說不定妳身上有著特別的魔力呢。在那樣不諳世事的環境下成長，妳卻總是能看透一切。」

我並沒有特別的魔力，只是混入了奔三社畜的關係。

但這種話絕對說不出口啊！

不好意思，我的內心完全不是像兄長大人所想的那種公主角色，我這個奔三社畜成分偏多的妹妹真是不好意思。

「我所具備的只有對兄長大人的愛而已。我有聽說，愛會引發奇蹟喔。」

葉卡堤琳娜若無其事地這麼一說，阿列克謝也笑了出來。

「那我似乎也能引發奇蹟了。我深愛著妳。」

隔天，葉卡堤琳娜從萊莎那邊接獲報告。

昨晚，領都警衛隊跟騎士團堂堂踏入以諾華岱恩為首，隸屬他派閥的許多人的宅邸當中。趁著受邀參加慶宴的主人不在之際，收押了關於賄賂以及會對公爵領地帶來不利的來往證據，當他們從慶宴返回宅邸時就全被逮捕了。

然而，諾華岱恩本人在尤爾諾瓦城遭到逮捕後逃亡，現在「失蹤」了。

哇～～太強了，超大的陷阱耶～～

還好我沒事先聽說這件事，不然一定會忍不住用憐憫的眼神，想著「這些傢伙的命運全都會毀於今天啊～～」去看他們！

兄長大人太棒了！

讓我的兄控程度更上一層樓！

……但是，我完全沒有幫上忙呢。這讓我更沉痛地感受到，即使上輩子是奔三女，面對貴族的權力鬥爭，社畜經驗根本無能為力。

從今以後繼續加油吧……

慶宴之夜。當天深夜。

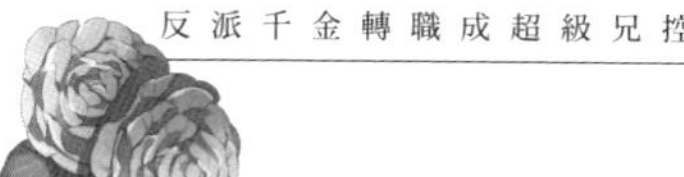

尤爾諾瓦城就宛如一個黑色的龐然大物，矗立在領都夜晚的中心。

宴會早就結束了。就連收拾場地的傭人們，也都已經沉靜地入眠。現在是黑夜最深的時刻。

在這樣的深夜中，尤爾諾瓦的獵犬們緩緩站起了牠們巨大的身軀。

「乖——你們聽好了。」

單眼戴著眼罩的禿頭男子，獵犬的飼養員伊格利朝著狗群低聲喚道。

「公爵閣下賜予你們獵物嘍，瞧。」

伊格利高舉起來的是件男士外衣。絲綢上還有豪華的刺繡，是最頂級的。即使將貧民的年收全都壓上去，肯定也不及這一件外衣的價值。

然而那件外衣看起來不但非常骯髒，還破舊不堪。

在湊上去嗅著味道的獵犬們身後，一隻體型大了一些，有著美麗白色毛髮的獵犬走了過來。

「蕾吉娜，來，妳聞看看。如果是妳，應該知道獵物是什麼吧。」

獵犬們的首領蕾吉娜，也湊上去聞了聞上衣。

接著，牠便皺起鼻頭，「嘎嚕嚕……」地發出沉吟。

「妳知道啊，很好。公爵閣下要替妳的朋友報仇呢。那傢伙就躲在城堡的某個地方。

找到他，並把他拖出來。聽好了，千萬不能殺了他喔。但是呢，即使稍微咬他一下，閣下應該也不會生氣啦。好了，去吧！」

伊格利一打開狗屋的門，獵犬們便一齊衝了出去。

（為什麼……為什麼事情會變成這樣！）

遼闊的尤爾諾瓦城的庭園一隅，在常綠植物的樹叢邊。

諾華岱恩蹲著藏身其中，他整個人因為憤怒與絕望而顫抖個不停。為了這一天砸下重金特別訂製的衣服弄得又髒又破，外衣還不知道掉到哪裡去了。他對自己悽慘的模樣感到難以置信。

妻子跟女兒都被帶走了。諾華岱恩自己也差點被拘捕，雖然勉強逃了出來，卻沒有辦法逃離這座尤爾諾瓦城。再這樣下去，遲早都會被人抓到。

本來是要將女兒齊菈嫁給阿列克謝，自己成為公爵家的外戚才對。應該要成為公爵的岳父，成為公爵家的一員挾勢弄權的自己，竟要在戶外躲躲藏藏地四處逃竄，一定是哪裡出錯了。

事情不應該是這樣的。

啊，亞歷山大、亞歷山德菈大人。兩位怎麼會如此早逝呢？要是都還健在，齊菈想必

也順利締結婚約了。

『伯爵千金想成為尤爾諾瓦公爵夫人？這話還真是有趣，你應該知道，母親不可能會答應的吧。』

當他看著亞歷山大這麼快活地笑開時，也只能隱忍心酸跟著一起笑。但即使如此還是不肯放棄，頑強地不斷懇求，才終於得到同意。

不只是不斷懇求而已。為此，我無論什麼事情都做了。

不但得替亞歷山德菈大人帶來的外地人做些像是跑腿的事，為了排除會妨礙他們的人，也是用盡了各種手段。

這些事情做著做著，便察覺到了一件事。那個亞歷山德菈大人很輕易便會答應那些外地人的要求。

不對，並非明確的答應。但事情總是會朝著那些外地人期望的方向進行。照理來說，那一位大人絕對不會同意才對。

而且……另一個想法也浮現心頭。

——過去曾覺得是個絆腳石的謝爾蓋公。明明是位硬朗的人物，卻突然就辭世了……

無論向他們懇求多少次，都只會被當笑柄而已。所以我才會跟外地人做了交易。會替他們做事，但相對地，希望他們能幫忙推動齊菈的婚約。

既然知道反正他們是想要錢，只要把錢的流向告訴他們就好了。他們是貪婪到無可救藥的一群人，因此每當公爵領地有金錢要流動時便會跟他們說，再補上一句要是女兒成為公爵夫人後，便能讓他們更有利可圖，於是他們的中心人物也揚起一抹笑。

當時是財務長的那個男人。

不久後，亞歷山大就給我那一份書簡了。當我一說希望上頭還有亞歷山德菈大人的署名，他也立刻替我實現。

我是經過了這麼多努力才總算得到這份書簡。既然現在那兩位都已經辭世，我也只能把一切賭在那上頭，也無法放棄。

那個外地人應該是掌握到了什麼把柄吧。雖然想揪出這個祕密，卻完全查不出蛛絲馬跡。這讓我感受到生命危險，於是死了這條心。說不定那個時候，我不應該放棄。

然而，當阿列克謝繼承了爵位後，他們突然間就消失了蹤影。

那個時候真的讓我覺得痛快許多。

再怎麼說，要把錢交給外地人，心裡還是很不快活。雖然是有一筆配額，但那像是跟尤爾諾瓦公爵家的領頭分家借光而獲沾的利益。一旦沒了他們，齊菈也成為公爵夫人後，那筆錢便能隨自己自由使用了。思及此，就覺得世界充滿一片玫瑰色彩，無所畏懼。

沒想到阿列克謝才是自己的災厄。

前任財務長應該是被囚禁在某處了吧。想必是關在尤爾諾瓦城的古老牢籠裡，但在阿列克謝回來之前，趁著住在城堡裡的期間拚命地想把他找出來，卻是未果。被趕出城堡後，依舊盡己所能地繼續四處尋找，卻還是沒能趕上。

一旦找到那個男人，今晚就不會是這樣的結果了……

就在這時，樹叢的另一端傳來了怪物般的低吟。

踩斷常綠植物的樹枝，一隻有著巨大獠牙的野獸襲擊而來。

「嗚哇啊啊啊！」

諾華伿恩倉皇驚叫。他跳起身來想衝出去時，前方也有張牙舞爪的野獸，讓他更是放聲喊叫。

儘管掙扎地想爬著逃走，身體卻無法前進。

豈止如此，甚至還被往後拖過去。

野獸的獠牙深深陷入他的腳。都尚未來得及感受到疼痛，他就被拖出樹叢，更摩擦著地面。泥土及樹葉不斷流入因為止不住哀號而大張的嘴裡。

——我會被殺！

會死。我會死在這裡。

會被吃掉。會死。不要啊，快救救我，誰來救我——！

先是猛地被甩開，接著重重摔在地面上。疼痛的感覺讓他一時失神，回過神來就不斷咳嗽，將口中的泥土及樹葉都吐了出來。

諾華岱恩依然趴在地面上，這時他總算看見了襲擊自己的野獸身影。

那是尤爾諾瓦的獵犬。

「唔啊、啊……」

已經習慣黑暗的雙眼，看見了就連魔獸也能咬死的一群猛獸，正炯炯有神地盯著自己的身影。四周響徹地鳴般的低吟。

（看、看我跟你拚了……！）

他想凝聚起魔力。然而長年在安逸的生活中變得駑鈍的能力，在他因為害怕並混亂的意志之下，沒有任何一點回應。

像是察覺到這件事情，體型格外巨大並有著白色毛皮的獵犬，更是逼近地踏出一步。

「呀啊啊啊啊！」

彈著身體跳了起來的諾華岱恩，倉皇地跑了起來。

根本不知道是怎麼逃，又是逃到了哪裡。

被獵犬們追趕著，他在城堡的庭園中連滾帶爬地四處逃竄，最後像是被驅趕一般逃進一幢小小的建築物裡。他勉強將門關起，就渾身無力地攀附在門上。

這時，一道驚人的力道推開了門，諾華岱恩也因此滾倒在地。

「抱歉。」

耳中傳入的是一點也不符合現在這個狀況的親切嗓音。

一個拎著虹石提燈的高大青年推開門扉走了進來。虹石的光輝對於已經習慣黑暗的雙眼來說太過耀眼。然而，諾華岱恩仍舊察覺了眼前的人便是曾幾何時將他趕出城堡的，阿列克謝的侍從。

而且，還來了另一個人。

一道修長的身影踏入門內。

「沒想到你會逃進傑菲洛斯的馬廄裡啊。」

「閣、閣下……」

阿列克謝低沉的嗓音，讓諾華岱恩顫抖了起來。

「你以為那傢伙在城堡裡嗎？」

「什……」

「我知道你在四處打聽前任財務長的下落。我已經解僱了你的爪牙，女僕長安娜。」

諾華岱恩只能一味地顫抖著。

「你以為前任財務長什麼都沒招嗎？」

聽見這句話，不禁倒抽了一口氣。也就是說……其實早就知道有那份書簡了嗎？

「你在找的那個男人不在城堡裡。但是，往後你就住在城堡裡吧。」

說著，阿列克謝看向馬廄的牆。掛在上頭畫著一人一馬的畫，在提燈的光線下朦朧地浮現出來。

「你還記得被你殺害的傑菲洛斯嗎？」

阿列克謝此時的嗓音難得帶了一點感傷。

「那個時候，我真不該去管你的。即使瀕死，傑菲洛斯也足以咬死你這種人。都是我為了阻止你跑了過去，傑菲洛斯才會護著我而死。」

諾華岱恩的腦海中，浮現了當時的光景。由於喝得酩酊大醉，也只有破碎的片段記憶就是了。

當時阿列克謝從宅邸中衝了出來，將那頭該死的魔獸馬擋在背後。他平常總是個沉穩到令人火大的聰慧孩子，唯獨那個時候拚命地喊叫了起來。

所以……只是有點想嚇唬他而已，才會高舉起長劍。喝醉的狀態下，不過是想開他個玩笑罷了。

然而那隻野獸卻揚起淒厲的咆嘯，擋在阿列克謝與刀劍之間。

牠是一副殺氣騰騰的模樣。正因為如此，才會放手一搏，猛力地刺出長劍。一而再，再而三地反覆這麼做了。要不然那頭野獸便會襲擊過來……

這便是阿列克謝為了不讓葉卡堤琳娜感到悲傷，沒有說出口的傑菲洛斯之死的真相。

「哈、哈……」

諾華岱恩揚起生硬的乾笑。

「那個時候的你……很難得地，就像個孩子一樣。看見你哭泣的樣子啊，就只有那個時候……」

「喀！」的一聲衝擊後，諾華岱恩再次倒回地上。是侍從一腳踹了過去。

「不好意思，閣下。是我恣意妄行了。」

「沒關係……換作是以前，我或許便會自己這麼做了。」

面對低頭道歉的侍從，阿列克謝只是搖了搖頭。不知道是想到了什麼，他後半句話說起來還沉穩了許多。

然而，看向諾華岱恩的眼神依然冷漠。

「你逃離了領都警衛隊，現在下落不明。沒有任何人知道你會遭受什麼樣的下場。」

諾華岱恩只能僵在原地。也就是說，那些傢伙是故意讓自己趁機逃跑的嗎？

不，自己是在阿列克謝的手中，被逼入絕境了。然而沒有任何人知道這件事。如此一來，自己只能任憑阿列克謝處置。

「你知道嗎？這座城堡的地底下，有好幾座巨大爐子。那是用來維持冬天的暖氣設備，從秋季的尾聲到初春這段時間，火焰都不會停歇。而那裡，就是你接下來要住的地方。」

諾華岱恩鐵青了一張臉。

阿列克謝淺淺地勾起微笑。

「無論白天夜晚，你都再也無從得知了……你就屈指數著等待初雪到來吧。屆時，爐子裡點燃火焰，你也還會留在那裡吧。

與火焰一起。」

不斷哀號的諾華岱恩被騎士們帶走後，阿列克謝也跟伊凡一起離開了馬廄。

「說不定今晚他便會將所有知道的事情都全盤托出了呢。那種傢伙，真的扔去燒了也沒沒關係吧。」

伊凡語氣開朗地說著。然而，阿列克謝卻是搖了搖頭。

「不。那傢伙在公爵領地的上流階級當中人脈很廣，要是殺害了他可能還會留下禍根。先拘禁一段時間……反正想解決掉他，隨時都能動手。既然如此，就該用在會帶來更大效果的時機。」

殘忍地這麼說完後，阿列克謝的表情忽然間變得柔和了一些。

「而且，葉卡提琳娜不會樂見這種事吧。我可不想被她討厭。」

「無論閣下做了什麼，大小姐都不會討厭您喔。」

「是啊，那孩子應該會理解這一切，並諒解我吧……然而，正因為她會原諒我的一切，才更不該這樣依賴她。」

果真是生性認真的他會說的話。面對越能原諒自己的對象，更多人反而是會毫無止盡又不斷地要求才對。

「但唯有一點，是大小姐絕對不會容許的。那就是閣下熬夜工作這件事。」

「也是呢。我得早點休息才行。」

聽見伊凡這麼說，阿列克謝也笑了笑，主僕倆便加快了腳步返回城堡。

葉卡堤琳娜的騎馬初體驗

「我想學會騎馬。」

在說完關於祖父的愛馬傑菲洛斯的事情後，最深愛的妹妹葉卡堤琳娜這麼一說，阿列克謝立刻點頭答應了。

雖然皇國的貴族女性並非一定要學會騎馬，卻也沒有受到限制。但是，這幾年在尤爾諾瓦卻有種不太推崇的風氣。

原因在於祖母亞歷山德莊討厭這件事。至於討厭的理由，則是因為皇后瑪葛達蕾娜是位喜歡騎馬的活潑女性，她沒有對身為先帝姊姊的亞歷山德莊抱持足夠的敬意，實在太看不慣瑪葛達蕾娜，就連會讓人聯想到她的東西全都排除的樣子。

也就是說，這種風氣根本無須介意。

「只要妳想，那當然好。」

阿列克謝話說至此，忽然察覺到一件事。

在皇國，當女性要騎馬時通常都是要側坐。既然要側坐，就需要有個專用的馬鞍。然而尤爾諾瓦公爵家長年以來都沒有任何女性騎馬，所以應該沒有可以拿來用的馬鞍。更何況馬鞍也該是配合騎手的馬的身體曲線訂做的。

坐擁騎士團的尤爾諾瓦公爵家，並不乏騎馬道具，但那是以男人騎乘為前提。一邊在內心暗罵著沒有多加思量男女差異就隨口答應的自己，阿列克謝向葉卡堤琳娜說明了這件事情。

「我立刻讓人做一個與妳合適的馬鞍。妳再等一下吧。」

這時，葉卡堤琳娜勾起了笑容。

「既然兄長大人這麼說，當然是沒問題。不過，你容許的話，我有一件想嘗試看看的事情。」

聽了那個「想嘗試看看」的內容後，阿列克謝不禁睜大雙眼。

不過，他馬上就點了點頭。

「但凡是妳的期望，我全都會替妳實現，我的女王。」

隔天。

「兄長大人！」

葉卡堤琳娜走向在馬廄附近的馬場等著的阿列克謝的身邊。雖然一下子拉著身上穿的衣服，一下子又整理著衣襟，感覺很介意的樣子，但她看起來感覺很開心。

「讓你久等了。我穿這樣會不會很奇怪呢？」

在馬場對馬進行調教的幾名騎士，一看見葉卡堤琳娜的身影，不禁感到驚訝不已。但阿列克謝則是瞇細了眼睛。

「怎麼可能會奇怪？不但跟平常一樣美麗，更凸顯凜然氣質，不如說更像是位女神了。」

「兄長大人真是的。」

葉卡堤琳娜微微一笑。雖然是平常便會說的話，但只要這麼一講，妹妹總是會露出帶著點慈愛的表情。在接受阿列克謝這番褒獎與寵愛的同時，反倒像是兄長受到寵溺一樣。

然而周遭的其他人會感到驚訝也是無可厚非，因為葉卡堤琳娜正穿著男性的服裝。

先前葉卡堤琳娜說想試試看的，就是「想跟男士一樣跨著騎馬」。

阿列克謝心想，著實很像這個不諳世事的孩子會有的發想。他認為能純真地說出若要對照常識來看可謂大膽的要求，是葉卡堤琳娜的優點。

但其實只是以上輩子的印象來說，騎馬是跨在馬背上騎，因此即使有著以前的女性是側坐著騎馬這樣的知識，依然認為「通常」都是跨著騎罷了。

更何況比起裙子，她上輩子本來就比較喜歡穿褲子，工作時穿的西裝更是只有褲裝一個選擇，因此總算能穿上輕鬆的服裝才是她的真心話。

當然，這樣的事情可是遠遠超乎阿列克謝想像。

葉卡堤琳娜身上正穿的是阿列克謝以前的衣服。雖然是設計簡潔的白色襯衫以及黑色的緊身褲，但由於體型差異的關係不太合身，不但得將過長的袖子捲起來，更要以皮帶將纖細的腰間繫緊。看在阿列克謝眼中，就像小孩子穿著大人的衣服一樣可愛。

然而會這麼想的只有阿列克謝，其他年輕騎士他們一看到葉卡堤琳娜的身影，紛紛連忙撇開了視線。硬是穿著只有胸部跟腰部看起來很緊，但整體太過寬鬆的男性服裝的千金小姐……不，絕非不堪入目，不如說還滿好看的，或者說是很有魅力。

簡單來講就是太性感了。

說不定總有一天，皇國也會出現類似男友襯衫之類的單詞。

為了讓葉卡堤琳娜第一次體驗騎馬，阿列克謝苦惱到最後，從馬廄裡的一群馬之中挑選出來的，是一匹年長又沉穩聰慧的母馬。從小就在接觸騎馬的阿列克謝自己要選的話，會比較偏好騎脾氣暴躁的悍馬，但這並不適合給初學者體驗。如果是這匹馬，即使葉卡堤琳娜只是跨上馬背，應該也可以繞馬場一圈，並安全歸來吧。

但即使如此仍然會擔心的阿列克謝，便親自拉著轡繩，讓馬緩緩前行。雖然遠遠稱不上是騎馬的練習，反正在側坐用的馬鞍做完送來之前，也沒辦法進行正式的練習，今天應該這樣就可以了吧。儘管葉卡堤琳娜一邊說著比想像中還要高、還要搖之類的，看起來卻似乎依舊很開心的樣子。

葉卡堤琳娜似乎認為透過受到寵溺，反而像是在寵愛阿列克謝自己一樣，或許現在正是那樣的狀況。

「皇后陛下喜歡騎馬，甚至能騎得比一些技巧差勁的男性還要更好。據說私底下在沒有他人看見的地方，也曾穿上男裝用這樣的方式騎馬呢。」

「這樣呀，那在明年行幸與陛下見面時，便能聊到關於騎馬的事情了呢。」

「說不定在那之前便會被找去皇城了。之前陛下有說過，希望下次可以到皇城去吧。」

「是的，在要離開時確實有這麼說過。不知道是不是真的會送來邀請呢？」

葉卡堤琳娜這麼說著，也露出開心的表情。過去分明說過不想嫁到皇室那樣冷冰冰的地方，眼下看起來反而是仰慕著皇帝及皇后兩位陛下。但即使現在知道兩位陛下的為人，似乎還是不考慮嫁過去的樣子。

這孩子好像完全沒有察覺自己這樣矛盾的想法。雖然比常人更加聰慧，有時卻會像是哪裡落了一塊似的。

然而，阿列克謝並不打算明說出這件事。怎麼可能將這個身體孱弱又不諳世事的孩子送去成為繼任皇后？若要說諾華岱恩他們肆意妄為的尤爾諾瓦城是伏魔殿，那皇城便是權略機謀蜷繞的魔境了。要是將她嫁去那種自己無法觸及的地方，害她嘗到母親安娜史塔西亞那般苦痛，再怎麼懊悔都無濟於事。

「想必會邀請吧。屆時，為了讓妳可以平安歸來，我會派個可靠的人保護妳。」

「好的，感謝兄長大人。」

雖然這麼回應，但葉卡堤琳娜似乎無法理解前往皇城卻需要人保護的意義，於是費解地歪過了頭。

「因為妳太美麗了，感覺便會被惡人擄走，實在讓我很擔心。可以的話，我想片刻不離地守護著妳。」

「兄長大人真是的。」

葉卡堤琳娜終究還是笑了出來。

「兄長大人，你實在太寵我了。應該要稍微向克雷蒙夫家的那對兄妹學習才行呢。」

「我可沒辦法把妳稱作猴子啊，我的藍薔薇。不過妳若是可以像瑪麗娜一樣那麼有精神，我會覺得更高興。」

就在同一時刻。

位於尤爾諾瓦領地的東方，坐擁一片廣大草原的克雷蒙夫領地當中。

「喂。」

隨著這聲簡短的呼喊回過頭的，是尼古拉・克雷蒙夫。也就是阿列克謝的同學。

「怎麼啦，老爸？」

看著父親的臉，尼古拉這麼問道。不發一語地回望著已經成長到跟自己一樣高的兒子的臉，克雷蒙夫伯費奧多爾朝兒子倚著的欄杆走去。一頭跟孩子們一樣混著金色的紅髮剃得短短的，有著一身高挑又肌肉結實的身軀。一直以來都毫不在乎地在太陽底下做著耗費體力的工作，因此曬得黝黑的臉上也深深刻著與他年紀相符的皺紋，但那也是一種成熟的魅力。

欄杆的另一頭是一片馬場，正有兩匹馬在全力奔馳。那並非魔獸馬，而是為了血統管理所飼養的一般馬匹，倒也是很優秀的駿馬。馬背上的兩位騎手都是女性，身上穿著與她們凜然的氣質及美貌很相襯的男裝，並非側坐而是跨在馬背上，用著一般男性難以匹敵的技巧控制轡繩，駕馭著年輕的悍馬。

那正是克雷蒙夫家的伯爵夫人及伯爵千金。

「看起來真開心啊。」

「就是說啊。瑪麗娜那傢伙，少在那邊裝乖不就得了……但好像也不行吧。萬一她在學園裡揮舞起乾草叉也很傷腦筋。」

尼古拉苦笑道。

「不過呢，她最近在學園也有點放棄，沒有裝得那麼做作了。好像是理解到即使裝得稍微優雅一點，也比不上真正的公主殿下吧。」

「公主殿下……你是說尤爾諾瓦公爵千金嗎？」

「是啊，葉卡堤琳娜。她是個美人喔，而且說話語氣之類，或是一些小動作，全都優雅到甚至有點古風呢。光是站在那邊看起來感覺就閃閃發亮一般，散發著那種氣質，本人卻完全沒有自覺的樣子，但這樣才更好。而且一說到公爵有多疼她……」

話才說到一半，尼古拉就「噗哈」地笑了出來……但馬上就收斂起笑意了。

「那可不是在開玩笑的。」

「……？什麼意思？」

「很難解釋……」

費奧多爾一臉狐疑的樣子，看著臉色好像有點鐵青的兒子。

「算了。公爵閣下最近怎麼樣？」

「該怎麼說呢……」

尼古拉雖然稍微沉吟著思考了一下，但馬上就抬起臉來。

「嗯，應該滿幸福的吧。很珍惜也很疼愛妹妹，不過也很受到妹妹的重視。感覺比較有人情味了。」

聽他這麼說，費奧多爾將身子探了過來。

「還是很頑固嗎？」

「這點就沒什麼變了。超級頑強。」

「真是的。」

費奧多爾不禁嘖了一聲。

「我可是八年前就已經決定了耶。但想也知道即使送過去，他也絕對不會收下。打從年僅十歲那時開始，他怎麼看都有著將來會成為大人物的器量，卻十分頑固，個性又死板啊。即使只有謝爾蓋公的一半也好，他能不能有點通融的餘地啊……可惡，維圖斯也快等不及了吧。」

父子倆看過去的圍欄裡，有著一匹出色的魔獸馬。那是一匹還很年輕的公馬，體格很好，毛色像在散發著光芒一般。

「從八年前到現在心意也都沒有改變的老爸，也滿頑固的就是了。」

尼古拉笑了笑。

「公爵真的是只要牽扯上葉卡堤琳娜，便會變得像是另一個人似的。這點說不定能產生什麼機會喔。」

「葉卡堤琳娜小姐啊。我知道她是個優雅的美人了……但實際上是怎樣的千金小姐？」

「我也沒有跟她聊過多少次就是了。不過呢，就我的印象來說……」

話說至此，尼古拉沉思了一下，隨後他的嘴角揚起了笑意。

「是很清澈的一個人。」

「清澈？」

「在上位者，總是會有所自我防衛吧。不讓人看到破綻，也不會錯過對方的破綻。公爵是如此，米海爾殿下也是。那樣藏匿起自我，在我看來就像陰霾一樣。但葉卡堤琳娜就沒有那種感覺。她看起來就像完全不知道貴族般總是自我防衛著，並總是以擴張勢力為目標的那種……在上位者讓人覺得有點討厭的地方。很聰明，而且也有著遠比其他一年級的學生更加沉穩的一面，但她的本質應該是既率直又溫柔。正是這種地方，讓公爵疼愛有加

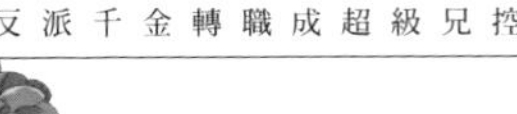

——說不定米海爾殿下也是這麼看待的。但這只是我的直覺啦。」

「……哦。」

費奧多爾沉吟了一聲。

「既然你這麼說……」

但就在這時，傳了一聲「哇啊」的驚呼。

「西爾芙！西爾芙又逃跑了！」

費奧多爾跟尼古拉看了過去，正好見到一匹苗條的魔獸馬跑了過去。那匹以魔獸馬來說是較為嬌小的母馬，其美麗的身姿在克雷蒙夫家的馬匹當中可說是數一數二。抱著馬鞍的牧童，正倉皇失措地追在牠身後。

「別去管牠也會自己回來。不用追了。」

對牧童這麼喊了一聲，費奧多爾無奈地嘆了一口氣。

「真是個任性的傢伙。雖然也不是不給人上馬鞍，重點就在那之後。好惡太分明了。」

「但老媽說感覺可以騎耶。應該只是討厭被跨上去吧？偶爾也會出現這種馬吧，一旦側坐好像就沒問題。」

「唔嗯。」

費奧多爾似乎正想著什麼盤算。

「雖然是史無前例……但或許也滿有趣的。」

「喂，老爸，你在想什麼啊？」

即使兒子一臉覺得很可疑的樣子這麼問，費奧多爾依舊沒有給出回答。

後記

非常感謝各位閱讀至此。我是浜千鳥。

多虧大家的支持，本作品也出到第三集了。真的萬分感謝購買了前兩集的讀者們。都是托了各位的福！

第三集的故事舞台從皇都轉移到公爵家的領地，也就是尤爾諾瓦領。第一集的故事舞台在魔法學園，第二集則是皇都，到了第三集又變得更加遼闊了。希望各位能體驗到跟葉卡堤琳娜及阿列克謝一起在皇國旅行的感覺。

不只是故事舞台更加遼闊，與尤爾瑪格那之間的關聯又更為顯著，更得知這個世界的歷史將迎來一個重大的轉換期。還有跟領地的在地反派千金之間，以及與阿列克謝之間的某一起騷動之類……

但即使故事舞台有所改變，葉卡堤琳娜跟阿列克謝的兄控妹控依然不變。葉卡堤琳娜更是拿出只要是為了阿列克謝，即使讓世界配合著改變也在所不惜的氣勢。這次雖然可以窺見阿列克謝被培育成理當成為公爵這個擁有強大權力者應有的冷酷一面，但面對妹妹還是一味地寵溺而已。

常收到讀者大人一句「甜到都要吐出砂糖了」的感想，這次如果也有讓各位吐出砂糖，我也會覺得很開心。我到底是以什麼為目標啊？

在準備第三集的發行時，也是以「看見八美☆わん老師的美麗插圖」這項獎勵為目標，努力走到這一步。就連在網站上連載本作時，在各式各樣的地方都會收到「想看到這個場景的插圖！」這樣的感想，我也是全力感到認同。不如說在寫作時，我也是一邊想像著插圖執筆的。這次的插圖也都非常精彩！

能像這樣又完成一本書，都是借助了各界的力量。容我向大家致上感慨萬千的感謝。在這當中，最讓我覺得開心的是與校對員討論的過程。把字詞的意義探究到底，一邊苦惱著「這裡可以用這個詞嗎？」或是煩惱「要用漢字表現還是用片假名好呢？」等。在網路連載時都只能自己一個人孤單進行的過程，現在多了可以陪我一起思考的人，真的讓我感到相當開心。

我打從心底感謝每一位閱讀本作的人。希望大家都能看得開心。

浜千鳥

國家圖書館出版品預行編目資料

反派千金轉職成超級兄控/浜千鳥作；黛西譯. -- 初版. -- 臺北市：臺灣角川股份有限公司, 2021.02-

冊；　公分. -- (Kadokawa fantastic novels)

譯自：悪役令嬢、ブラコンにジョブチェンジします

ISBN 978-626-321-054-7(第3冊：平裝)

861.57　　109020417

Kadokawa
Fantastic
Novels

反派千金轉職成超級兄控 3

（原著名：悪役令嬢、ブラコンにジョブチェンジします 3）

2021年12月6日 初版第1刷發行

作 者：浜千鳥
插 畫：八美☆わん
譯 者：黛西

發 行 人：岩崎剛人
總 編 輯：蔡佩芬
編 輯：邱瓈萱
美術設計：吳佳昀
印 務：李明修（主任）、張加恩（主任）、張凱棋

發 行 所：台灣角川股份有限公司
地 址：104台北市中山區松江路223號3樓
電 話：（02）2515-3000
傳 真：（02）2515-0033
網 址：www.kadokawa.com.tw
劃撥帳戶：台灣角川股份有限公司
劃撥帳號：19487412
法律顧問：有澤法律事務所
製 版：尚騰印刷事業有限公司
ＩＳＢＮ：978-626-321-054-7

※版權所有，未經許可，不許轉載。
※本書如有破損、裝訂錯誤，請持購買憑證回原購買處或連同憑證寄回出版社更換。

AKUYAKUREIJO,BURAKON NI JOB CHANGE SHIMASU Vol.3
©Chidori Hama 2021
First published in Japan in 2021 by KADOKAWA CORPORATION, Tokyo.
Complex Chinese translation rights arranged with KADOKAWA CORPORATION, Tokyo.